KB272445

적 독 — 생 활

## 적독 생활
다 읽지도 못할 거면서

초판 1쇄 발행 2026년 4월 24일

지은이　　타이키 라이토 펌
옮긴이　　정아영
펴낸이　　이영선
책임편집　이현정

편집　　　이일규 김선정 김문정 김종훈 이현정 조유진
디자인　　김회량 위수연
독자본부　김일신 손미경 정혜영 김연수 김민수 박정래 김인환

펴낸곳 서해문집 | 출판등록 1989년 3월 16일(제406-2005-000047호)
주소 경기도 파주시 광인사길 217(파주출판도시)
전화 (031)955-7470 | 팩스 (031)955-7469
홈페이지 www.booksea.co.kr | 이메일 shmj21@hanmail.net

ISBN 979-11-94413-96-7 03810

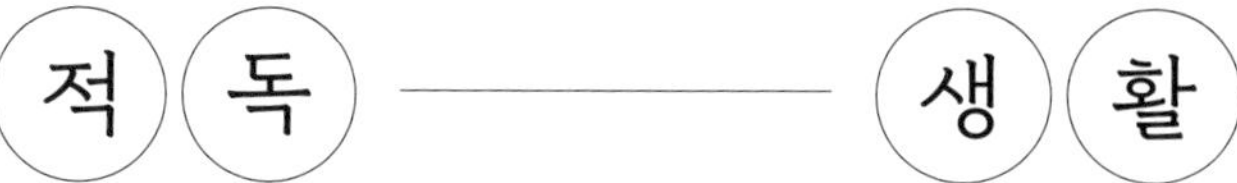



# 적독 생활

## 다 읽지도 못할 거면서

타이키 라이토 핌 지음

정아영 옮김

서해문집

한 편의 이야기처럼
다른 사람들의 마음을 밝혀 주는 이들에게

**일러두기**

1. 외래어 표기는 국립국어원의 외래어 표기법을 따르되 국내에 이미 널리 통용되는 표현이 있는 경우 관습 표기에 따랐습니다.

2. 1장부터는 '츤도쿠'를 같은 의미의 한국어 표현인 '적독'으로, '츤도쿠를 즐기고 실천하는 사람'을 '적독가'로 표기했습니다.

# 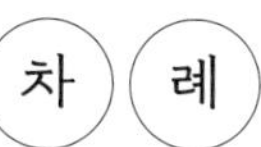 차례

여는 글
다 못 읽을 책들

이즈미는 오늘도 일찍 눈을 떴다. 천천히 아침을 먹으며, 창문 너머로 따스한 햇살과 함께 하루가 밝아 오는 걸 지켜봤다.

이윽고 집을 나선 그녀는 조금 빠른 걸음으로 걷기 시작한다. 하지만 서두르는 건 아니다. 굳이 집중하지 않아도 몸이 기억하고 있는 길이다. 도착한 곳은 집 근처의 단골 책방. 이곳에서 한동안 시간을 보낸 그녀는 다시 집으로 향한다. 조금 느린 걸음이지만, 느긋한 정도다.

이제 이즈미의 캔버스 백에는 꽃말에 관한 에세이 한 권이 들어 있다. 특별히 아름답게 만들어진 책들이 으레 그렇듯 도톰한 종이로 제본되어 있고 페이지마다 삽화가 가득하다. 그때 하늘이 조금 어두워지더니, 바람이 불기 시작한다. 머리카락이 날리며 눈앞을 가린다. 얼른 한 팔을 올려 걷어 보지만 잘 되지 않는다. 사실 이즈미는 책 두 권을 손에 쥐고 훑으며 걷고 있었다. 한 권은 좋아하는 탐정이 등장하는 추리소설, 다른 한 권은 표지만 봐서는 장르조차 짐작되지 않는 책이다.

이즈미는 집에 들어서자마자 책부터 거실 탁자 위에 올려놓는다. 그러고는 소파에 앉아 눈을 감는다. 구름 사이로 나온 햇살 한 줄기에 다리가 따뜻해지는 듯하다. 그런데 곧 다시 눈을 뜬다.

소파에 더 편하게 자리 잡으려고 책 두 권을 옮긴다. 한 권은 가운데 책 더미 위에, 다른 한 권은 그 옆의 더미 위에 올려놓는다. 가운데 책 더미는 너무 높아 위태로워 보인다. 커피 테이블 너머의 책장엔 색색의 책들이 터질 듯 꽂혀 있다. 틈이란 틈마다 새로 들인 책을 한 권이라도 더 밀어 넣다 보니 처음의 질서는 사라진 지 오래다. 앞줄엔 누운 책들이 겹겹이 쌓여 있고, 키 큰 책들은 사선으로 꽂혀 있다.

이즈미는 소파에서 일어나 책장으로 간다. 금방이라도 떨어질 것 같은 책 한 권을 바로 꽂은 뒤, 손끝으로 책장을 끝까지 훑는다. 코너를 돌아 복도로 들어서자 또 다른 책장이 나온다. 이 책장의 책들은 한층 더 진지한 논픽션 위주다. 지나가다 잠깐씩 펼쳐 보기에 좋고, 그럴 때마다 뭔가를 조금씩 배울 수도 있다. 이 책장은 일곱 걸음 동안 이어진다.

살짝 열린 방문 틈으로는 책장 두 개가 보인다. 그 사이의 좁은 공간에 요와 이불이 있다. 이 책장들에는 로맨스와 미스터리소설이 빼곡하다. 새벽에 깨 다시 잠들지 못할 때 읽기 좋은 책들이다.

이즈미는 다시 거실로 가 새로 산 추리소설을 가져오더니, 요 옆의 나무 탁자 위를 빈틈없이 채우고 있는 책 더미 중 하나에 올려 둔다. 언뜻 봐서는 탁자 상판이 밝은 빛깔인지 어두운 빛깔인지조차 알 수 없을 정도지만, 중요하지 않다.

그러고서야 뜨거운 물에 샤워를 하러 욕실로 간다. 유리문을 열고 스툴을 조심스레 옮긴다. 그 위에도 책이 쌓여 있기 때문이다. 욕실장에서 푹신한 수건 한 장을 꺼내 걸어 둔 뒤, 물을 튼다.

책을 읽다 문득 고개를 끄덕이고 미소를 짓는다. 향긋하고 매혹적인 새 책 냄새가 코끝에 닿으면 자신도 모르게 안도한다. 그렇다면 부정할 수 없다. 당신은 책을 한없이 사랑하는 것이다. 책을 사는 일이 큰 기쁨이고, 그렇다 보니… 집이 어쩐지 남들과 다른 모습일지도 모른다. 침대 옆 탁자에는 책이 층층이 쌓여 있고, 책장에는 책이 이중, 삼중으로 들어차 있다. 벽장엔 실수로 두 번 산 책들이 숨겨져 있다. 부엌 선반엔 요리책이 얼마나 많은지, 아직 무너지지 않은 게 신기할 정도다. 소파 주위로는 아름다운 양장본 고전들이, 복도 책장에는 영미 문학 작품들이 가지런히 있다. 더 이상 책을 넣을 곳도 쌓아 둘 곳도 없을 때까지 책은 계속 늘어나기만 한다.

이 책들은 고요히 기다리고 있는 듯하다. 무엇을? 그야 물론, 당신이 마침내 그 책을 펼치고 읽게 될 순간을. 하지만 그 순간은 영영 오지 않을지도 모른다.

아마 오늘 산 책 열 권 중 그래도 두세 권은 1년 안에 읽지 않을까. 서너 권은 휴가 때나 '좀 여유가 있을 때' 읽으면 되겠지, 그렇게 생각한다. 그러나 나머지 책들은 집을 옮길 때마다 함께 이사도 가지만 결국 한 번도 펼쳐지지 않은 채 오랜 세월 자리만 차지하게 되리라는 걸, 우리는 안다.

## 영원히 책만 읽는다면

어떤 사람이 평생 책만 읽는다고 가정할 때, 이론상 대략 몇 권이나 읽을 수 있을지 통계적으로 계산해 보자. 책 한 권은 평균 300페이지이며 각 페이지에는 약 300개의 단어가 있다. 그리고 우리의 평균 독서 속도는 분당 200단어 정도다.

이 수치를 적용할 경우 일곱 시간 반이면 평균적인 분량의 책(약 9만 단어) 한 권을 읽을 수 있다는 계산이 나온다. 수면에 여덟 시간, 기본적인 생활을 하는 데 한 시간을 쓰고 남는 시간을 모두 독서에 쏟는다면 하루에 열다섯 시간 책을 읽을 수 있다. 사람의 평균 수명을 80년으로 잡고, 다섯 살 때부터 독서를 시작했다고 해 보자. 1년을 365일로 계산할 때 평생 읽을 수 있는 책은 최대 5만 4750권에 이른다.

어마어마하게 느껴질 것이다.

하지만 2010년의 조사 결과를 보면 생각이 달라질지도 모른다. 당시 구글은 전 세계에 얼마나 많은 책이 있는지 살펴봤다. 결과는 믿기 어려울 정도다. 그해 세상에는 1억 2986만 4880권의 서로 다른 책이 있었다.

매년 새 책이 200만 권 넘게 쏟아져 나온다는 걸 고려하면, 이 책이 서점에서 팔릴 무렵에는 세상의 책이 약 1억 6200만 권쯤 될 것이다.

태어나 죽을 때까지 오로지 책만 읽는다 해도 1억 6194만 5250권은 포기할 수밖에 없다. 극단적인 가정에 따른 계산이긴 하지만, 우리가 평생 읽을 수 있는 책은 세상에 나와 있는 책들에 비하면 비교도 안 될 만큼 적다!

끝내 알지 못할 페이지들, 내가 미처 발 들이지 못한 그 모든 환상의 세계와 나를 먼 곳으로 데려가 꿈꾸게 했을 그 모든 모험을 생각하면, 글쎄, 안타까운가?

아마 별로 그렇진 않을 것 같다.

집에 있는 다 읽지 못할 책들을 바라볼 때 우리를 찾아오는 건, 울적함과 황홀함 사이 어딘가의 기묘한 감정이다.

당연히 이런 감정이 든다고 해서 새 책 사는 걸 관둘 리도 없다!

전혀!


서점 문을 열고 들어서거나 중고책 가판대가 늘어선 골목을 훑고, 도서전에서 무수히 많은 책들 사이를 거니는 상상만으로도 가슴에 새로운 열정이 피어오르고 손끝이 근질근질하다.


이게 이상하냐고?

그럴 리가! 오히려 그런 사람이 많다는 걸, 당신은 혼자가 아니란 걸 알아주길 바란다! 얼마나 많은지, 우리의 이런 행동을 가리키는 이름이 따로 있을 정도다. 마냥 싫진 않은 그 달콤쌉싸름한 감정을 불러일으키는 이 이름은 일본에서 만들어진 단어다.

'츤도쿠積ん読'(적독)는 읽으려고 사지만 읽기는커녕 한 번 펼쳐 보지도 않은 책들을 집 안 곳곳 쌓아 두기만 하는 행동을 일컫는 말이다. 또 책장이나 협탁에 놓여 언젠간 읽힐 때가 오기를 기약 없이 기다리는 책들, 일명 '부끄러움의 책탑'을 가리키는 말로도 쓰인다.

츤도쿠는 '나중을 위해 쌓아 둔 뒤 한동안 잊는다'는 뜻의 '츤데오쿠積んでおく'와 '(책을) 읽는다'는 뜻의 '도쿠読'가 합쳐진 단어다. 책을 쌓아 두고, 한동안 잊는다…. 물론, 영원히는 아닐지도 모른다. 적어도 그 책들을 살 때의 마음만큼은 그렇지 않았다. 하지만 한참 동안은 분명 잊고 말 것이다.

이 용어의 기원은 메이지 시대(1868~1912)로 거슬러 올라간다.

메이지 시대는 일본이 '메이지 유신'을 계기로 근대화를 이루고, 역사의 전환점을 맞은 격변의 시기였다.

그전까지 일본은 대외적 교류가 거의 없었고 사회 경제

적 변화도 더뎠다. 섬 바깥보다 안쪽에 시선을 두고 있었으며, 세상 속 또 하나의 세계처럼 존재하고 있었다. 이런 상황은 발전과 혁신 면에서는 걸림돌이 되었으나 일본이 고유의 정체성과 전통에 기반한 문화를 형성할 수 있는 배경으로 작용했다.

변화는 갑작스럽고 예기치 않게 찾아왔다. 1850년대부터 20세기 초까지, 약 반세기에 걸쳐 일본 사회 전반이 빠른 속도로 재편된 것이다.

일본 사람들은 자신들의 문화가 뿌리째 흔들릴 수 있겠다는 위기감을 느꼈다. 이 변화는 자생적으로 시작된 게 아니었기 때문이다. 1853년 7월, 미국의 매슈 페리 제독이 군함 네 척을 이끌고 지금의 도쿄만 인근인 우라가항에 나타났다. 일본이 쇄국 정책을 끝내고 교역에 나서지 않으면 해안을 폭격하겠다는 노골적인 경고였다.

당시 일본을 실질적으로 통치하고 있던 쇼군은 파국적인 충돌을 피하기 위해 여러 조약에 서명하고 개항을 받아들였다. 그 결과 일본에서는 급격한 근대화가 이뤄지는 한편, 개혁과 함께 오랜 질서가 무너지며 갈등이 불거졌다. 근대화의 대가는 일본 사회의 깊은 분열이었다.

그러나 머지않아 내전이 끝나며, 일본은 새로운 시대로 접어들었다. 서구 열강들이 일으킨 일본 내부의 균열은 새로운 방향과 외부 세계를 향한 움직임 속에서 점차 봉합되었다. 무역 개방으로 오늘날 일본 경제의 토대가 마련되었으며, 서구가 보여 준 전혀 다른 현실을 접하면서 경직된 신분 제도도 변화했다.

또 민주주의 사상이 소개되며 사회에 새로운 분위기가 감돌았다. 수도가 교토에서 에도로 옮겨졌고, 에도는 도쿄라는 이름을 얻었다. 근대화의 물결은 순식간에 열도를 뒤덮었다. 전신, 우편, 철도, 엔화, 서양식 복식이 도입되며 사람들의 삶은 획기적으로 바뀌었다. 의사소통, 이동, 지불 방식뿐 아니라 옷차림과 행동 양식도 이전과 달라졌다. 교육 제도가 개혁되고, 토지 제도 역시 재편되었다.

일본 사회의 모든 게 변화하던 그때, 츤도쿠라는 단어가 생겨났다. 책을 읽지도 않으면서 그저 곁에 두고 싶다는 이유로, 집 안 가득 쌓아 두는 습관을 가리키는 말이었다.

폭풍우 치는 바다에서 배가 떠내려가지 않도록 붙잡아 주는 닻이라도 되는 것처럼, 메이지 시대의 사람들은 책, 그리고 책이 상징하는 것들에 마음을 기댔다. 그들에게 책은 이제 사라지고 만 시대를 향한 애정이 깃든 지적 유산이자, 과거 및 전통과의 연결이었다.

지금도 마찬가지다. 돌이켜 보면, 책은 언제나 우리에게 확신과 안정감을 준다. 손에 잡히는 실체로서 우리보다 먼저 존재해 왔고, 우리가 사라진 뒤에도 남아 있을 것이다. 책은 세월이 흘러도, 혼란과 격변이 찾아와도 굳건히 자리를 지킨다. 우리가 몇 번이고 읽을 수도, 영영 읽지 않을 수도 있는 그 내용은 변하지 않는다.

아무리 시간이 지나도 집 안 곳곳을 채우고 있을 책들을 떠올리면 괜스레 마음이 따뜻하다. 그 무게 덕에 집이 바람에 날아갈 일도 없을 것 같다.

## 비블리오필리아,
## 비블리오마니아,
## 그리고 츤도쿠

이후 '츤도쿠'라는 말이 일본 밖으로 퍼져 나가지 않았다는 점도 흥미롭다. 유럽 언어권에는 책에 대한 사랑을 가리키는 '비블리오필리아bibliophilia', 그리고 책에 대한 집착을 가리키는 '비블리오마니아bibliomania' 같은 단어가 있다. 그러나 츤도쿠와 같은 뉘앙스의 단어는 없다. 비블리오필리아, 비블리오마니아, 츤도쿠는 서로 맞닿아 있으나 분명히 다른 개념들이다. 세 단어는 모두 책과 독서를 향한 애정과 집착을 이야기하지만, 그 강도와 방식에 차이가 있다.

비블리오필리아는 그리스어로 책을 의미하는 '비블리온βιβλίον'과 사랑을 의미하는 '필리아Φιλία'가 합쳐진 단어로, '책을 향한 사랑'을 뜻한다.

'비블리오필bibliophile'은 책, 그리고 책을 둘러싼 모든 것에 깊이 매료된 사람이다. 판본을 구별하고 희귀본을 파악하는 안목까지 갖춘 경우도 많다. 비블리오필은 도서관이나 기록 보관소를 부지런히 드나든다. 어쩌면 이 공간들의 탄생부터가 이들 덕분인지도 모른다. 책의 가치를 깨닫고 그 아름다움을 보존하고자 한 이들의 노력에 우리는 큰 빚을 지고 있는 셈이다. 실제로 비블리오필들은 좋은 책을 읽음으로써 지식의 힘을 얻을 수 있으며, 문화가 확산된다고 믿는다.

비블리오필은 좋은 책을 알아보는 눈이 있다. 책이라는 물건 자체를 애호하는 동시에, 안에 담긴 문화적, 정치적, 경제적, 미적 가치도 꿰뚫어 본다.

비블리오필은 열렬한 독서가다. (많은 나라에서 1년에 열두 권만 읽어도 비블리오필이라고 불린다.)

마음에 드는 책을 꼭 소장하려고 하진 않는다. 책을 읽거나 바라볼 수 있으면 그걸로 충분하다고 느낀다. 물론 잘 꾸민 서재도 갖고 있지만, 책과 책을 즐기는 사람들이 모여 있는 공동의 공간에 가는 것도 좋아한다.

흔히 생각하기에 비블리오필의 집에는 유리문이 달린 책장이 놓여 있을 것 같다. 귀한 고서들에 먼지가 앉지 않도록 보호해야 하니까. 하지만 그 책장에 자물쇠가 채워진 경우는 거의 없다. 이들은 손님이 오면 기꺼이 책장을 연다.

자랑하려는 게 아니라, 책에 대한 사랑과 지식을 나누고 싶어서다. 비블리오필은 다른 사람들도 자신처럼 책의 가치를 알아보고 소중히 대해 주기를 바란다.

비블리오필의 집에는 아무렇게나 널브러진 책도, 인테리어 소품처럼 진열되어 있는 책도 없다. 바닥에 굴러다니거나 책갈피 대신 귀퉁이를 꾹 접어 둔 책도 없다.


한편 비블리오마니아는 그리스어 '비블리온'과 광기를 뜻하는 '마니아μανία'에서 유래한 단어로, '책에 대한 집착'을 의미한다.

비블리오마니아는 강박증과 관련이 깊은 저장 장애(hoarding disorder)에 가깝다. 따라서 병리적 상태로 볼 수 있으며, 삶의 질을 크게 떨어뜨리곤 한다.

비블리오마니아는 이성적 판단이 아니라 충동에 이끌려 책을 산다. 사들이고 쌓아 두고 싶은 욕망을 이기지 못해, 결국 자신의 삶과 관계를 해칠 때도 있다. 책을 사려는 욕구가 타협의 여지없이 늘 가장 앞서기 때문에 그 밖의 일이나 주변 사람들에게 마음을 쓸 여유가 없다.

많은 비블리오마니아가 특정 판본에 집착하거나 어떤

도서의 모든 판본을 손에 넣으려 애쓴다. 특정 연도에 특정 제본소에서 제작되고 작가의 서명까지 담긴 바로 그 한 권을 찾아 평생을 헤매기도 한다.

하지만 역설적이게도, 비블리오마니아라고 해서 열렬한 독서가는 아니다. 이들에게 책을 모으는 것은 책을 읽는 일과 아무 상관이 없다. 비블리오마니아는 오로지 책을 소장하고 자신의 컬렉션을 완성하기 위해 책을 산다.

**비블리오마니아는 비블리오필리아의 변질된 형태일지도 모른다. 책을 향한 사랑이 집착으로 바뀌며, 그 본래의 의미는 사라져 버린 것이다.**

비블리오마니아에게 있는 건 책을 향한 사랑이라기보다 소유하지 못한 책을 향한 갈망이다.

이들의 집은 책에 잠식되어 있을 것이다. 바닥에도, 침대에도, 찬장에도, 시선이 닿는 곳마다 책이 있다. 같은 책의 모든 판본이 쌓여 있고, 잘 모르는 사람이 보기엔 똑같은 책이 끝도 없이 나온다.

그렇게 책에 자리를 내준 끝에, 비블리오마니아의 집은

더 이상 사람이 살기 어려운 곳이 되고 만다. 집주인의 생활 공간과 위생, 그리고 건강마저 위협한다.

츤도쿠는 비블리오필리아와 비블리오마니아의 중간 지점에 있는 듯하다. 이 부류의 사람들은 책을 읽을 생각으로 사지만, 정작 뒤로 미룬다.

집에 있는 책을 보면 마음이 놓인다. 비블리오마니아와 같이 갖고 있지 않은 책 때문에 초조해하는 일은 없다.

츤도쿠를 즐기는 사람 역시 비블리오필처럼 열렬한 독서가이며, 책을 읽는 일이 건강에 긍정적인 자극이 된다고 여긴다. 사고서 읽지 않은 책이 자꾸만 쌓여 가도 괴로워하지 않는다. 언젠간 다 읽으리라, 굳게 믿고 있기 때문이다.

또 책이 집 구석구석을 차지하고 있다. 비블리오필의 서재처럼 깔끔하게 정돈된 건 아니지만, 그렇다고 생활 공간을 침범하지도 않는다. 오히려 그 책들이 모여 공간에 고유한 분위기를 더한다.

츤도쿠 부류에는 책을 두루 읽는 사람들이 많다. 이들은 귀한 판본을 모으는 게 아니라, 흥미롭고 놓치기 싫은 책들을 읽으려고 사 둔다.

　비블리오마니아와 비블리오필의 집은 대개 희귀본 수집가들 사이에서 통용되는 객관적 가치에 따라 책이 정리되어 있다. 그래서 책 주인의 개성이 좀처럼 드러나지 않는다. 반면 쌓여 있는 책들의 표지와 제목만 슬쩍 봐도 집주인의 내면세계가 고스란히 느껴지는 집, 그런 집이 바로 츤도쿠를 실천하는 사람의 집이다.

$$\boxed{\textit{TEST}}$$

## 나는 책을 얼마나 사랑하는 사람일까?

---

1. 집에 들어오면 가장 먼저 눈에 띄는 선반을 떠올려 보자.

   a. 책이 몇 권 있다.

   b. 책만 많이 있다.

   c. 책이 전혀 없다.


2. 똑같은 책을 여러 권 산 적이 있나? 가장 많이 산 건 몇

   권이나 되나?

   a. 네 권 이상

   b. 두 권 또는 세 권

   c. 똑같은 책을 사 본 적이 없다.


3. 침대 옆에는 책이 몇 권 있나?

   a. 요즘 읽고 있는 책 한 권과 내킬 때 펼쳐 보고 싶은 책

   여러 권

   b. 너무 많아서 몇 권인지 모르겠다.

c. 요즘 읽고 있는 책 한 권

## 4. 친구들을 저녁 식사에 초대했다.

a. 이번에 새로 산 책들을 보여 주고 싶다!

b. 모두 앉으려면 식탁 위의 책들부터 치워야….

c. 친구들이랑 즐거운 시간 보내야지!

## 5. 마음의 안식처는?

a. 도서관

b. 집

c. 책을 읽으며 조용히 쉴 수 있는 야외 장소

## 6. 여행 가방을 쌀 때, 책은 어떻게 챙기나?

a. 망가질까 봐 한 권도 안 챙긴다.

b. 읽고 있는 책만 챙기고, 여행지에서 새 책을 사면 넣을 수 있게 가방 한쪽을 비워 둔다.

c. 지금 읽고 있는 책, 그리고 혹시 모르니 몇 권 더 챙긴다.

# 결과

### a가 가장 많이 나왔다면

비블리오필. 누구보다도 책을 사랑하며, 그 마음을 다른 이들과 나누고 싶어 한다.

### b가 가장 많이 나왔다면

츤도쿠를 즐기는 사람(적독가). 지금 당장 (어쩌면 영영) 읽지 못할 걸 알지만 책을 사는 걸 좋아한다. 당신은 이 책을 더 재밌게 읽을 수 있지 않을까?

### c가 가장 많이 나왔다면

책을 진심으로 좋아하는 사람. 책 한 권 한 권이 이야기를 품은 보물이라고 생각한다. 이번에는 또 어떤 세계가 펼쳐질지 기대한다!

## 나는 어떤 타입의 독서가일까?

1. 새 책을 산 뒤 집에 오면, 제일 먼저 하는 일은?

    a. SNS에 올릴 영상을 찍는다.

    b. 쭉 훑어본다.

    c. 어디에 두면 좋을지 생각한다.

2. 책을 고르는 기준은?

    a. SNS에서 본 조언을 참고한다.

    b. 표지를 보고 고른다.

    c. 책의 주제를 보고 고른다.

3. 표지나 디자인이 아름답지 않아도 책을 사나?

    a. 절대 안 산다.

    b. 살 때도 있다.

    c. 잘 산다.

4. 서점에 가면 제일 먼저 둘러보는 섹션은?

    a. 화제의 책

    b. 신간

    c. 소설 또는 고전


5. 내 책은….

    a. 포스트잇이 잔뜩 붙어 있다.

    b. 새 책같이 깨끗하다.

    c. 몇 번이나 읽었는지에 따라 다르다!


6. 내 책장은 책들이….

    a. 색깔별로 정리되어 있다.

    b. 장르별로 정리되어 있다.

    c. 알파벳순 또는 출판사별로 정리되어 있다.

# 결과

## a가 가장 많이 나왔다면

공유형 독서가. 집에 화제의 책이 많고, SNS에 자신의 일상과 함께 어떤 책을 읽는지 공유한다.

## b가 가장 많이 나왔다면

잡식성 독서가. 책이라면 가리지 않고 읽으며, 늘 책과 더불어 살아간다. 책을 하나만 고르라는 건, 부모에게 어느 아이를 더 사랑하느냐고 묻는 거나 마찬가지다.

## c가 가장 많이 나왔다면

사유형 독서가. 책을 좋아하는 이유는 언제나 그 이야기와 주제에 있다. 책의 겉모습은 전혀 신경 쓰지 않는다, 중요한 건 그 속에 담긴 내용뿐!

# 1

## 책장과 미지의 세계

평소 이즈미는 읽는 것보다 훨씬 많은 양의 책을 산다. 그러는 사이 이사 왔을 때 텅 비어 허전해 보이던 책장이 조금씩 가득 찼다. 어느 날 아침, 이즈미는 더 이상 새 책을 꽂을 데가 없다는 걸 깨달았다. 그래서 앞줄에 책을 꽂기 시작했다. 그래도 모자라자 이번에는 그 위로 책을 눕혀 쌓았다. 그것도 어려워지자 이젠 침실 탁자 위에 책을 올려 두기 시작했다. '이다음에 읽을 책은 여기 둬야지.' 그렇게 해서 책은 침실, 거실, 부엌, 그리고 욕실로까지, 집 안 곳곳으로 퍼져 나갔다.

그러던 어느 오후, 불현듯 고개를 들어 주위를 둘러봤다. 그제야 집이 어떤 모습인지 눈에 들어왔다. 이즈미는 집을 치우기로 했다. 쌓아 둔 책을 옮기고, 다른 방식으로 정리할 수 없을지 고민하고, 자투리 공간을 찾아냈다. 끊임없이 책을 꺼내고, 옮기고, 닦고, 다시 꽂았다. 창밖을 보니 어느새 도쿄는 밤이었고, 네온사인 불빛이 방 안으로 스며들었다.

밤새 꺼지지 않는 그 불빛을 이따금 바라보며 정리를 이어 가던 중, 방 안이 서서히 밝아졌다. 새벽이 온 걸 깨달은 이즈미는 손에 들고 있던 책을 바닥에 내려놓고, 곧바로 이불 속으로 들어갔다. 점점 더 따뜻해지는 햇살이 나무 바닥과 책이 넘치는 책장, 그리고 제자리를 찾은 듯하지만 여전히 집 여기저기서 존재감을 뽐내는 책 더미들을 비췄다. 이즈미는 달콤한 잠에 빠져들었다.

❖

적독가들도 마음 한편으로는 알고 있다. 집 안 가득한 그 책들을 다 읽는 날은 오지 않으리란 걸. 다른 사람들이 보면, 막막하고 짜증도 나서 한동안 책 사는 걸 미루겠구나 싶을 것이다.

하지만 꼭 그렇진 않다. 이들은 터질 것 같은 책장을, 구석구석 쌓여 있는 책을, 며칠 전 사서 침대 옆에 둔 채 한 번도 펼치지 않은 책과 거의 다 사라져 버린 빈자리를 보며 불현듯 어떤 깨달음에 사로잡히곤 한다.

한번 상상해 보자. 집 안의 책들을 천천히 훑는다. 저마다 개성적인 표지를 '차려입고' 있다. 어느 제목과 부제에 시선이 멈춘다. 그 책을 집어 뒤표지와 띠지에 적힌 걸 읽어 본다. 다른 작가의 추천사나 책 속에서 뽑은 의미 있는 구절이다. 자연스레 이리저리 책장을 뒤적거린다. 지금 당장은 그럴 마음이 없지만, 역시 언젠간 이 책들을 전부 읽게 되리라는 확신이 든다. 물론 다 읽으려면 시간이 끝없이 필요할 테지만.

책은 그 존재만으로도 시간의 흐름을 감각하게 한다. 동시에 우리가 이 흐름에 참여하고 있음을 느끼고 안도하게 한다.

하루, 한 달, 한 해가 쏜살같이, 그리고 가차 없이 흘러간다는 걸 자각하면 씁쓸하다. 읽히지 않은 채 책장에 그대로 남겨질 수많은 책을 떠올리면 체념하게 되기도 한다. 그러나 커다란 힘을 품은 많은 다른 사물들처럼 책이 내뿜는 생명력 앞에서는 이런 씁쓸함도, 체념도 이내 흩어진다.

그 생명력은 자기 앞에 무한한 시간이 펼쳐져 있다고 여기는 사람처럼 들뜬 마음으로 미래를 바라보게 한다. 우리를 낙담시키는 게 아니라, 오히려 고양감에 휩싸이게 한다.

이론상 읽고, 알고, 상상할 수 있는 것이 얼마나 많은가에 대한 자각은 우리를 '무한'이라는 개념과 마주하게 한다. 세상의 아름다움과 세상이 선사하는 가능성을 깨닫게 한다. 문득 우리를 둘러싸고 있는 광대한 세계가 실감될 땐 우리가 한없이 작고, 무력하게 느껴지기도 한다. 하지만 동시에 우리가 그 일부로서 존재하고 있다는 사실이 살아 있음을, 그리고 생의 에너지를 일깨운다.

결국 우리가 살면서 모아 온 책을 응시할 때 경험하는 것은 밤하늘의 별을 올려다볼 때 경험하는 것과 다르지 않다. 별을 응시한다는 건 아득히 멀고도 압도적인 존재를 향해 보내는 경외와 공경이다. 그때 우리는 자신이 얼마나 작은지 느끼면서도, 이 우주에 속해 있음을 다시금 알아차리고 마음이 고요해진다.

이 깨달음이 우리에게 안기는 것은 괴로움이 아니다. 희망으로 가득한, 달콤한 슬픔이다.

**책에 둘러싸인 사람이 느끼는 것도, 별이 쏟아지는 밤하늘 아래에 서면 느낄 수밖에 없는 바로 그 광대한 세계와 가능성이다.**

하지만 오스트리아 소설가 로베르트 무질이 쓴《특성 없는 남자》의 한 인물은 전혀 다른 걸 느꼈다. 어느 날 도서관에 간 그는 번뜩, 책을 하루에 한 권씩 읽는대도 영영 진정한 지식인이 될 수 없겠다는 데 생각이 미친다. 그렇게는 평생 읽어도 도서관의 책을 다 읽을 수 없을 테니까. 실제로 계산해 보니, 도서관에 있는 350만 권을 전부 읽으려면 꼬박 1만 년이 걸린다는 결론이 나왔다. 그는 실존적 고뇌에 빠지고 만다.

그뿐만이 아니었다. 세상의 모든 책은커녕 도서관의 책도 다 읽을 수 없다는 사실을 깨닫고 나자, 책을 읽고 싶은 마음도 싹 사라져 버렸다. 그는 마치 스스로에게 묻는 듯하다. '어차피 전부 다 읽는 건 불가능한데, 한 권이라도 읽을 이유가 있나?' 우리는 종종 이렇게 '모 아니면 도'라는 식의 사고방식에 사로잡히곤 하는데, 솔직히 우리의 실존에 도움이 되는 경우는 거의 없다.

적독의 철학에 따라 살아가는 사람들은 정확히 반대로 행동한다.

인간의 지성이 응집된 구체적 실체인 책을 바라보고 손으로 만질 때, 우리는 자신이 시간의 흐름 속에 있음을 은연중에 직감한다. 끊임없이 변화하는 세계를 살고 있음을 피부로 느낀다. 이 감각은 우리를 절망으로 밀어 넣는 대신 희망으로 이끈다.

　인간의 두뇌가 또 다른 우주를 만들어 내고, 서로 다른 것들을 연결하며, 새로운 관점을 발견하고, 현재를 분석해 미래를 준비할 수 있다는 걸 깨닫는 순간, 우리는 만물의 이치를 조금 더 깊이 이해할 수 있으리라는 가능성을 엿보게 되고 그로부터 희망이 피어나는 것이다.

　지금은 알지 못하지만 언젠가 알게 될지도 모르는 것들에 대한 분명한 증거를 매일 대면하는 일은 우리를 좌절시키지 않는다. 오히려 우리가 자신의 한계를 조금씩 넘어설 수 있도록 열정을 지핀다.

　아직 읽어야 할 게 너무 많다는 생각이 들 때, 아니, 그 확신이 찾아올 때, 우리는 발 앞에 펼쳐진 긴 길을 어렴풋이 짐작한다. 하지만 그 길은 언제나 함께 걷는 사람들이 있는 길이다.

## 집에 있는 많은 책은 나에게 어떤 의미일까?

1. 책을 사는 이유는?

    a. 책을 모으고, 소장하는 걸 좋아하기 때문이다.

    b. 언젠가 읽게 될 걸 생각하면 기분이 좋기 때문이다.

    c. 책을 사는 일 자체가 좋기 때문이다.


2. 안 읽은 책이 점점 더 쌓여 갈 때, 어떤 생각이 드나?

    a. 책을 모으는 걸 좋아하므로 뿌듯하다.

    b. 내가 샀지만 아마 다 못 읽을 것 같다는 생각도 든다.

    c. 내 삶의 방식이므로 별로 개의치 않는다.


3. 책을 살 때, 어떻게 결정을 내리나?

    a. 사야겠다는 직감이 드는 걸 산다.

    b. 내가 재밌게 볼 내용인지, 앞으로 정말 읽을 책인지

    따져 본다.

    c. 특별한 기준은 없다. 그냥 사고 싶을 때 산다.

4. 안 읽은 책은 어떻게 하나?

    a. 내가 모은 책이므로 책장에 꽂아 둔다.

    b. 여유가 생기면 읽으려고 따로 놔둔다.

    c. 더 이상 관심이 가지 않는 책이라면 중고로 팔거나 기

      부한다.

5. 책을 소장함으로써 이루고 싶은 바가 있다면?

    a. 내 취향과 관심이 드러나는 책을 방대하게 모으는 것

    b. 내가 산 모든 책을 독파하고, 의미 있는 나만의 서재를

      만드는 것

    c. 딱히 없다.

6. 갖고 있는 책을 일부 처분해야 한다면?

    a. 아쉽고 속상하다.

    b. 솔직히 홀가분한 마음도 든다. 이제 정말 읽고 싶은 책

      에만 집중할 수 있을 것 같다.

    c. 별 상관없다. 나중에 필요하면 다시 사도 된다.

# 결과

### a가 가장 많이 나왔다면

읽을 수 있든 없든, 책을 많이 모으는 데 열정을 쏟는다. 책을 모아 둔 공간은 내게 큰 자부심이다. 계속해서 더 많은 책을 모으고 싶다!

### b가 가장 많이 나왔다면

나중에 읽으려고 산 책이 하나둘 쌓이다 보니 어느새 많아졌다. 한 권 한 권 모두 나에게 소중한 책이며, 신중하게 고른 것들이다.

### c가 가장 많이 나왔다면

책을 사는 순간을 가장 좋아한다. 특별한 컬렉션을 만들거나 흥미 있는 책을 고르는 것도 의미가 있겠지만, 나에겐 새 책을 들고 서점을 나오는 게 더 중요하다!

## 고를 수 있다는

## 즐거움

적독가의 서재, 나아가 집은 온통 선택지로 가득하다. 읽지 않은 수많은 책, 아직 뛰어들지 않은 그 모든 이야기 앞에서 우리는 끝없는 가능성을 마주한다.

읽지 않은 책은 비밀을 품고 있다. 그뿐 아니라 우리가 모르는 게 있다는 걸 일깨우고, 선택할 수 있다는 긴장감도 맛보게 한다.

자신의 책장에 보기 좋게 꽂혀 있는 무수한 책을 바라보며, 우리는 편한 마음으로 정말 읽고 싶은 책이 뭔지 생각한다. 가끔은 우연히 잊고 있던 책을 꺼내 읽는다. 심지어 한번 훑어보지도 않은 책일 수도 있다. 이때 우리는 낯선 것을 향한 설렘을 느끼며 완전히 새로운 경험 속으로 들어간다.

집에서 놀라움을 찾을 수 있다는 건 결코 대수롭지 않거나 당연한 일이 아니다. 적독가의 책장은 어쩌면 하나의 미지의 세계다. 물론 그 책들은 우리가 사 온 것이고, 우리가 자리를 정해 꽂아 둔 것이다. 하지만 읽기로 마음먹고 펼처 한 장 한 장 넘기기 전에는 언제까지나 미스터리다. 알지 못하는 지식으로, 세상에 얼마나 많은 이야기가 있는지 떠올리게 하는 이야기로, 가능성으로 남는다.

**읽지 않은 책이 가득한 집에서 지낸다는 건, 언제든 처음처럼 경이로움을 맞이할 수 있다는 뜻이기도 하다.**

그런 일은 쉽게 일어나지 않을지도 모른다. 읽고 싶은 책 목록은 이미 끝이 없고, 독서 계획도 철저히 마련되어 있어 다른 책이 불쑥 끼어들 틈이 없으니까. 하지만 중요한 건 그게 아니다. 중요한 건, 우리가 원하기만 하면 언제든 선택할 수 있다는 사실을 아는 것이다.

게다가 적독가는 바깥에 나가기 어렵거나 굳이 서점까지 가고 싶지 않을 때도, 집 안에서 미지의 책들 사이를 거닐며 책을 고를 수 있다. 문득 찾아온 직관이 햇살에 녹는 눈처럼 사라지기 전에 붙잡으려고, 그리고 더 깊이 파고들기 위해, 우리는 수많은 책 중에서 바로 그 책을 집는다. 도무지 정체를 알 수 없는 감정이 흐려지기 전에 조금이라도 더 이해하고 싶어서 집어 든다. 그저 우리의 영혼을 가꾸기 위해 책을 집는다. 어떤 순간엔 책 한 권이면 더없이 충분하기도 하니까.

식물들의 비밀스러운 삶을 다룬 탐구서는 스트레스로 지친 마음에 위로를 건넨다. 통찰이 깃든 에세이 한 편은 오랫동안 머릿속을 맴돌기만 하던 아이디어를 구체화하도록 이끈다. 감동적인 전기는 어려운 결단을 내리고 행동에 나설 용기를 준다. 따뜻하고 유쾌한 소설 한 권은 힘든 시기를 버틸 수 있도록 도와준다.

언제든 필요할 때 손이 닿는 곳에 그 책들이 있다는 건 책이 어떤 매개 없이, 아무런 방해 없이 우리에게 말을 걸고 조언과 도움을 건넬 수 있다는 얘기다. 내가 있는 바로 그 자리에서.

일본에는 선불교 정신을 바탕으로 하는 다도 전통에서 비롯된 '이치고이치에一期一会'라는 개념이 있다. '생에 단 한 번뿐인 만남'을 말한다. 삶의 매 순간을 소중히 여기며 지금 여기에 머물러, 눈앞의 인연이야말로 진정한 보물임을 알아차리라는 가르침이다.

이는 즐거움이든 괴로움이든 현재 느끼는 자신의 감정을 온전히 마주할 시간을 스스로에게 허락하라는 뜻이 아닐까.

지금 이 순간에 머물고자 할 때 우리는 선택할 수 있는 무수한 생각의 단초들에 둘러싸인다. 그러면 조용히 자기 자신에게 귀 기울일 수밖에 없게 된다.

# 2

## 책을 사는 일

도서관에 들어서자, 이즈미는 마음이 차분해진다. 다른 일정이 있을 때면 꼭 스마트폰 알람을 맞춰 둔다. 도서관에 있으면 늘 시간이 손가락 사이로 빠져나가는 모래처럼 자신도 모르는 사이에 훌쩍 흘러가 버리기 때문이다. 자신만의 세계에 푹 빠져 몇 분이 지나는지 몇 시간이 지나는지조차 잊곤 한다.

눈길이 가는 책 표지들을 손으로 훑는다. 양각으로 새겨진 부분이 손끝에 걸린다. 그러다 흥미로운 제목 앞에서 멈춰 선다. 아무 페이지나 펼친 뒤, 한 문장 읽어 본다. 그녀는 날마다 여러 책에서 건져 올린 문장들을 음미한다. 다른 사람들이 보기에는 그런 식으로 맥락 없이 한 문장 또 한 문장 더해 봤자 아무 의미도 없을 것 같다. 그러나 이즈미는 꼭 세계 각지의 음식을 조금씩 먹어 보는 듯한 기분이다. 아무리 많은 문장을 맛봐도, 늘 즐겁다.

이즈미의 발걸음이 조금 빨라진다. 여전히 손끝으론 책등을 훑으며 빽빽한 책장 사이를 이리저리 오간다. 드디어 어느 책 앞에서 멈추는데, 그 모습이 마치 익숙한 춤의 한 동작처럼 자연스럽다. 이번엔 책을 뽑아 들지만 펼쳐 보지 않는다. 그녀와 함께 집으로 갈 책이기 때문이다. 이즈미는 이후 같은 춤을 두 번 더 춘 뒤, 책 세 권이 담긴 캔버스 백을 메고 집으로 간다.

빌려 가고 싶은 책을 찾으면 매번 같으면서도 은근히 다른 춤이 나온다. 이제 어깨에 실린 책의 묵직한 무게감을 느끼며 생각한다. 자신이 책을 고른 게 아니라, 책이 자신이 고른 것 같다고.

뭔가를 구매하는 일은 우리 삶의 일부다. 물건이나 경험, 식품을 사고, 지갑이나 스마트폰을 꺼내 결제하는 일을 우린 매일같이 하고 있다.

인정하자, 뭘 사는 건 즐겁다. 더 말할 필요도 없다. 그런데 우리가 좋아하는 건 단지 구매한 물건(물론 그 물건이 먼저 사고 싶은 마음을 불러일으켜야 한다)만이 아니라, 구매하는 행위 자체이기도 하다.

사실 우리의 많은 결정은 우리가 의식하지 못할 때조차 감정에 좌우되고 있다. 우리는 본능적으로 행복했던 순간은 다시 느끼려 하고, 분노와 슬픔을 느꼈던 순간은 피하려 한다. 뇌는 우리가 내리는 모든 결정을 하나 이상의 감정과 연결해 둔다. 그 감정이 다음 결정에 영향을 주고, 결정은 또다시 감정에 작용하며 끊임없는 순환의 고리가 형성된다. 그렇기 때문에 우리는 '내가 이걸 왜 사지?' 하고 매번 생각할 필요를 못 느낀다. 큰 지출을 할 때가 아니면, 대체로 그렇다.

답이야 뻔한데 왜 굳이 할까 싶은 질문처럼 느껴질 것이다. 우리는 필요하니까 사고, 마음에 드니까 산다. 다른 사람에게 선물하기 위해 살 때도 있고, 나 자신에게 선물하려고 살 때도 있다.

생각해 보면 우리는 언제나 뭔가를 '위해서' 물건을 산다. 바로 그 '위해서'가 물건에 의미를 부여하고, 용도를 정해 준다. 다음 대답들은 모두 앞으로의 일, 즉 구매한 물건으로 뭘 할지에 대한 계획에 바탕을 두고 있다.

우아한 사람이 되려고 드레스를 산다.
필요해서 스마트폰을 산다.
돌아다니기 위해 차를 산다.
읽기 위해 책을 산다.

그런데 적독가들은 갖고 있는 책 대부분을 읽지 않을 가능성이 크다. 그 책들을 다른 사람에게 선물하는 일도 거의 없다. 아무래도 적독을 즐기는 사람이 책을 사는 덴, 어떤 걸 '위해서'라는 말로는 다 설명되지 않는 뭔가가 있다.

곧바로 읽을 생각으로 책을 사는 사람은 그 속의 이야기가 궁금해 참을 수 없는 사람이다. 아직 알지 못하는 세계를 향한 호기심, 책을 펼치기 전의 설렘 같은 것들이 그를 행복하게 만든다.

반면 적독가는 집에 와서 산 책을 책장이나 탁자, 아무튼 아직 자리가 남은 곳에 올려 둔다. 그 순간부터 그 책이 자신의 나날과 함께하리라는 사실만으로 얼굴에 미소가 떠오른다.

하지만 왜 행복한 걸까? 어쩌면 평생 읽지 않을지도 모르는 책에 돈을 쓴 일이 어떻게 행복을 줄 수 있다는 걸까?

곧 살펴보겠지만, 이 행복은 컬렉션에 새로운 걸 더할 때 생기는 설렘과 기쁨, 기대감에서 비롯된다.

적독가가 책장에 더하는 책 한 권 한 권은 자기 자신을 이루는 새로운 한 조각이 된다. 각자 읽고 싶은 것도, 호기심을 갖는 것도 다르기에 그 차이가 각자의 개성을 만든다.

책 이야기를 떠나 잠시 다른 예를 살펴보자. 주변을 보면 이미 평생 신을 만큼 신발이 많아도, 신발을 살 때면 유난히 행복해지는 사람들이 있다.

나아가 12센티미터 하이힐처럼 현실적으로 거의 신기 어려운 신발을 사는 사람들도 있다. 신발 상자에서 꺼낼 날이 과연 오긴 할까 싶지만, 이 신발을 샀다는 사실만으로 마음이 들뜬다. 우리가 어떤 걸 고르고 샀다는 사실은 그 자체로 우리에 대해 많은 걸 말해 준다. 우리의 취향을 드러내기도 하고, 무엇보다도 그 순간의 자신이 어떤 사람인지, 그리고 앞으로 어떤 사람이 되고 싶은지, 또 세상엔 어떤 사람으로 비치고 싶은지를 마음속에 그려 준다. 이 미래가 영원히 우리 머릿속에만 남는대도 상관없다. 어떤 의미에선, 상상해 본 것만으로도 살아 본 것이나 다름없으니까.

책들은 저마다 우리를 더 좋은 사람으로 만들어 줄 거라고 약속한다. 그리고 저마다 신비를 두르고 있다. 기꺼이 우리를 맡기고 싶어지는 신비다.

## 나의 책 구매 성향은?

1. 책 한 권을 고르고 사는 데 시간이 얼마나 걸리나?

   a. 서점에 들어가자마자 책을 한 권 들고나온다. 솔직히

   무슨 내용인지 잘 모르고 살 때도 많다!

   b. 먼저 표지를 살핀 뒤, 책을 펼쳐서 조금이라도 읽어 본다.

   c. 이미 관련 정보를 충분히 찾아보고 살 책을 정한 상태

   에서 서점에 간다.


2. 책을 보면 가장 먼저 드는 생각은?

   a. 사야지!

   b. 무슨 내용이지?

   c. 얼마지?


3. 서점에 가면 제일 먼저 하는 건?

   a. 새로 나온 책부터 확인한다.

   b. 제일 좋아하는 섹션으로 간다.

c. 전체적으로 둘러보며, 책 소개글을 읽는다.

4. 1주일에 몇 번이나 책을 사나?

a. 한 번 이상

b. 한 번. 보통 같은 요일에 사는 편이다.

c. 한 번 미만

5. 책을 사기 전에 관련 정보를 얼마나 찾아보나?

a. 몇 분이면 된다. 주로 표지나 리뷰를 보고 고른다.

b. 어느 정도 시간을 들인다. 온라인 리뷰도 찾아보고, 주변 사람들 생각도 물어본다.

c. 많은 시간을 들인다. 관련 정보를 꼼꼼히 조사하고, 서점 직원의 조언을 구할 때도 있다.

6. 책을 살 때 어떤 식으로 결정하는 편인가?

a. 끌리는 책이 있으면 바로 산다.

b. 우선 위시 리스트에 넣어 둔 뒤, 시간이 날 때 산다.

c. 좀 더 재밌게 읽을 수 있을 때를 기다린다.

# 결과

## a가 가장 많이 나왔다면

즉흥형 구매자. 호기심이 많고 새로운 책에 열려 있으며, 깊이 따지기보다 본능(그리고 표지나 추천 문구)에 따라 책을 고른다.

## b가 가장 많이 나왔다면

일상형 구매자. 정기적으로 책을 구매하는 습관이 몸에 배어 있으며, 이미 갖고 있는 책을 또 살 때도 있다.

## c가 가장 많이 나왔다면

철두철미형 구매자. 책을 사기 전에 자세히 살피고 따져 본 뒤, 신중하게 선택한다.

어떤 한마디가 사람들을 서점으로 불러들이고, 구매를 이끌

어 낼 수 있을까?

## 모으는 일의
## 매력

엽서나 병뚜껑, 돌멩이, 캔, 동전, 조개껍데기…. 거의 누구나 살면서 뭔가를 모아 봤을 것이다.

수집이라는 행위는 우리를 묘하게 끌어당긴다. 인간이 왜 물건을 모으는지, 심리학자들이 그 이유를 탐구해 왔을 정도다.

수집에 있어 가장 매혹적인 순간은 사실 모으는 일 그 자체가 아니라, 그보다 먼저 뭘 모을지 선택하는 단계라고 할 수 있다. 의식적으로든 무의식적으로든 다른 게 아니라 바로 이 종류를 모으기로 선택한다는 건 우리의 정체성을 만들어 가는 일이다.

예컨대, '나는 돌을 모은다'라는 짧은 말 한마디에도 그 사람이 어떤 사람인지, 소중히 여기는 게 뭔지가 드러난다.

일본에는 절벽, 폭포, 동굴 같은 자연의 풍경을 닮은 돌을 모으고 감상하는 '스이세키水石' 문화가 있다. 스이세키를 선택하는 건 우리가 살아가고 있는 지구를 향한 사랑을 보여 준다. 늘 변함없는 듯 보이지만 순환하는 자연의 일부로서 끊임없이 풍화되고, 자리와 형태가 바뀌는 돌을 향한 존중을 드러낸다.

책의 경우에도 수집 메커니즘은 비슷하다. 다만 앞서 말한 그 미묘한 차이가 있다. 내 책장에 어떤 책을 더하는 선택은 지금의 나에 대해 말해 줄 뿐 아니라 내일 내가 어떤 사람이 되고 싶은지, 그리고 삶의 어느 시기에 내가 소중히 여긴 가치는 무엇인지까지 비춘다.

수집에는 헌신과 꾸준함이 요구되므로, 나에게 시시하거나 진부한 선택이란 있을 수 없다. 현재의 나는 물론, 앞으로 내 열정을 북돋워 줄 뭔가를 중심으로 이뤄지게 마련이다.

내 수집품을 보여 주는 일은 다른 사람들을 내 세계로 초대하는 것과 같다. 굳이 말로 설명하지 않아도, 우리는 그렇게 서로를 더 잘 알아 갈 수 있다.

사람들은 자신이 모으는 것에 대해 다른 사람과 이야기하는 일도 좋아한다. 수집품을 하나둘 늘려 가는 즐거움을 나누고, 비슷한 열정을 가진 사람들과 유대를 쌓을 수 있기 때문이다. 그래서 특히 연애 초반에 많은 커플이 뭔가를 모으는 취미를 함께 즐기곤 하는 것이다!

수집은 지난 시간의 흔적을 떠올리게 하기도 한다. '이거 봐. 이거 그때 산 거잖아, 모르는 사람들이랑 단체 여행 갔을 때! 시장에서 길도 잃었었는데 말이야.'

우리는 잊고 싶지 않은 순간들을 물건과 연결 짓고, 그때의 감정을 실어 둔다. 그러면 그 물건은 눈 깜짝할 사이에 우리를 그때로 데려간다.

수집품은 정말 강력한 타임머신이나 다름없다. 각각의 물건이 손에 넣은 당시의 기억을 품고 있다면, 수집품 전체는 우리의 끈기와 고유한 취향, 빠져 있던 조각을 채워 넣으려 했던 열의, 그 여정에서 얻은 깨달음 같은 것들을 말해 준다. 수집은 우리가 작은 목표와 방향을 세우고 다음을 향해 나아가게 한다.

생각해 보면 책만큼 기억을 생생히 불러내는 매개체도 없을 듯하다. 책을 집어 들기만 해도 그 책을 언제, 어디에서 샀는지, 그때 누구와 함께 있었는지 기억난다. 그리고 무엇보다도 당시의 나는 어떤 사람이었는지가 떠오른다.

**설령 그 책들을 읽지 않는대도, 한 장 한 장 사진첩을 넘겨 볼 때와 같은 힘이 거기엔 있다.**

예전에 호기심으로 들춰 본 주제가 지금 내 마음을 온통 사로잡고 있음을 깨달을 때, 우리는 자신이 직감을 따라 걸었고, 이 과정에서 조금씩 변화해 왔음을 문득 느낀다. 아마도 그 시작은 상상력을 자극하는 제목에 나도 모르게 이끌려 산 책 한 권이었을지도 모른다.

비극적인 사랑 이야기를 그린 소설을 읽으면, 한때 온 마음을 다해 사랑했던 시절이 아련히 스친다.

강렬한 표지와 대담한 제목의 책들이 눈에 띄면, 세상이 다 내 것 같던 어린 시절에 입던 옷을 오랜만에 꺼내 볼 때처럼 입가에 미소가 번진다.

또 어떤 책들은 시간이 지난 뒤 다시 펼쳐도, 우리의 나날을 들뜨게 했던 변화를 향한 열망을 단숨에 되살린다. 당시엔 삶을 변화시키기에 적절한 시기가 아니라고 느껴 그 열망을 포기했을지 모른다. 하지만 그 시기가 바로 지금이라면? 손에 들고 있는 이 책이 나도 모르는 사이에 과거와 현재를 잇고, 그때의 설렘을 다시 불러낸다면?

한편, 심리학에 따르면 물건을 모으는 행위는 삶을 통제하는 방편의 하나다. 흘러가는 시간 앞에서 누구나 무력한 것처럼, 살아가면서 우리는 자신이 아무것도 할 수 없다고 느낄 때가 있다. 그런 상황이 닥치면 우리 마음속에서는 무의식적으로 삶에 일어나는 일들을 스스로 통제할 수 있다고 믿게 해 주는 심리적 메커니즘이 작동한다. 이 메커니즘은 삶에 일정한 질서를 부여함으로로써, 우리가 다시금 안정과 충만감을 느낄 수 있도록 한다.

그리고 이때 수집이 도움이 된다. 컬렉션은 우리 뜻대로 만들어 가는 작은 우주다. 뭘 모을지, 얼마나 모을지, 그것들을 어디에 어떤 식으로 진열할지까지 직접 결정할 수 있다.

물건을 모으는 건 공허함을 채우기 위한 시도로 해석되기도 한다. 단순한 취미 이상으로 수집에 몰두하는 이들 중에는, 내면의 결핍을 달래기 위해 습관처럼 수집을 이어 가는 사람도 있다. 우리는 마음 한구석의 허전함을 잊으려 물건으로 자신을 채운다.

그런데 놀랍게도, 바깥을 채우다 보면 실제로 마음도 채워진다!

물론 수집이 쉼 없이 계속되고 탐색의 즐거움보다 쌓아 두려는 강박이 커지기 시작하면 오히려 평온한 일상과 행복이 흔들릴 수 있다. 하지만 이건 어디까지나 극단적인 경우다.

뭔가를 모으는 일은 남들과 다른 특별함을 느끼게 하는 동시에 다른 사람과 가까워지는 느낌을 준다. 이 사실은 변함이 없다. 우리는 관심이나 취향이 겹치지 않는 사람에겐 거리감을 느끼지만, 같은 걸 좋아하는 사람을 만나면 금세 잘 통한다고 생각한다. 책을 좋아하는 사람들도 서로 단숨에 마음이 열리는 경우가 다반사다.

게다가 좋아하는 걸 그만 모으기란 솔직히 쉽지 않다.

특히 책의 세계에서는 거의 불가능하다. 한참 모아 온 판타지 시리즈를 그만 모으거나, 그동안 나온 모든 작품을 갖고 있는 작가의 신작을 어떻게 사지 않을 수 있을까? 설레는 휴가 중에 책 한 권 사지 않기도, 두 권 값에 세 권을 주는 행사 매대 앞을 그냥 지나치기도 무지무지 어렵다!

결국 책을 모으는 일은 아직 모르는 것들을 향한 사랑을 멈출 수 없다는 증거다. 그 마음을 멈춰야 할 이유도 당연히 없다!

## 다양한 모습의
## 서점들

세상에 서점 문을 열고 들어서는 순간보다 더 기분 좋은 게 있을까? 한 걸음 내딛자마자 밀려오는 종이 냄새에, 이곳이 바로 내가 있을 곳이라는 느낌이 든다. 여기서는 한 권 한 권의 책을 보기 전에, 우선 하나의 거대한 전체로서 존재하는 책들을 경험할 수 있다.

서점은 미지의 이야기들이 내뿜는 가능성이 너무나 익숙한 공기와 묘하게 뒤섞여 있는 곳이다. 우리가 책에 대해 알고 있는 모든 게 확장되고 새로운 모습으로 다가온다. 책 냄새가 진하게 떠돌고, 책이 눈에 안 띄는 곳이 없으며, 형형색색의 표지가 공간을 물들이고 있다. 아무리 추운 날이라도 마음을 포근히 감싼다. 그리고 서점 직원들은 책을 사서 쌓아 두는 일을 삶의 한 축으로 삼은 사람들을 누구보다도 잘 이해하고 따뜻하게 맞아 줄 수 있는 사람들이다.

모든 서점은 어딘가 비슷한 감정을 불러일으키지만, 똑같은 서점은 없다. 저마다의 개성과 분위기로 우리에게 특별한 경험을 안긴다. 서점들은 각기 다른 정체성을 바탕으로 우리의 발걸음을 이끌고, 책을 사게 한다. 동네의 작은 독립 서점과 대형 체인 서점이 얼마나 다른지 생각해 보면 알 수 있다. 두 서점은 분명 맞닿은 데가 있지만, 꼭 별개의 언어를 쓰는 두 세계 같다. 두 서점이 우리에게 선사하는 경험 또한 다르다.

지금부터 다양한 서점의 세계를 짧게 둘러보자. 지금까지 몰랐던 새로운 영역을 발견하게 될 수도 있지 않을까?

## 지역 서점

지역 서점은 책을 좋아하는 사람들의 안식처다. 누구에게나 열려 있으며, 자연스럽게 지역 공동체에 참여하고, 문화 교류도 할 수 있는 공간이다. 게다가 지역 서점 직원들은 손님 한 사람 한 사람이 책 고르는 걸 도와주고 세심한 조언을 아끼지 않는다. (단골은 거의 다 알아보는 경우도 있다.)

리스본에는 '레르 데바가르Ler Devagar'가 있다. 타구스 강이 흐르는 알칸타라 지역의 랜드마크인 이 독립 서점은 예술성과 상상력이 돋보이는 곳이다. 벽면은 층층이 책이 가득 들어차 있고, 천장에는 자전거가 매달려 있으며, 색색의 표지가 어우러져 그 자체로 세련된 도시의 거리 예술 작품이나 다름없다. 이 서점의 초현실적 분위기에 푹 빠져 시간을 보내다 보면, 알칸타라 지역을 한층 깊이 이해하고 리스본을 새로운 눈으로 바라보게 된다.


## (하나밖에 없는) 시골 마을 책방

안타깝게도 시골 마을에는 서점이 없는 경우가 많다. 책을 직접 보고 사고 싶은 주민들은 하는 수 없이 가까운 도심까지 가야 한다.

그런데 그런 시골 마을에 책방이 있다면? 정말 귀한 보석 같은 존재다.

이런 책방들은 왠지 동화 속에 나오는 만남의 장소 같다. 사람들은 책에 둘러싸여 정답게 수다를 떨고, 이런저런 정보도 주고받는다. 딱히 책을 읽거나 사지 않는 사람들도 자주 들르는데, 이곳에 오면 언제든 몇 마디 나눌 수 있는 누군가가 있다는 걸 알기 때문이다. 책방 주인의 추천은 사뭇 신비로운 오라마저 풍겨, 사람들은 평소라면 집어 들지 않았을 책도 기꺼이 읽으려고 산다. 이들에게 책방 주인은 믿을 수 있는 조언자이자 이야기꾼이며, 때로는 상담사이자 뭐든 도와주는 만능 해결사이기 때문이다.

시골 책방 주인에게는 다음과 같은 질문이나 부탁이 끊이지 않는다. "다 쓴 세제 통은 어떻게 분리배출해야 하는지 아세요?" "열쇠도 없는데 방문이 잠겨 버렸지 뭐예요. 혹시 좀 도와주실 수 있을까요?" "정말 죄송해요. 잠깐 일이 생겨서 다녀와야 하는데, 우리 아이 좀 맡겨 두고 가도 될까요?" "여기 쓰여 있는 것 좀 읽어 봐 주시겠어요? 안경을 써도 글씨가 잘 안 보여서요."

## 대형 체인 서점

대형 체인 서점은 많은 사람들의 안식처다. 낯선 도시를 여행하다가도, 집 근처에서 가 본 적 있는 체인 서점을 발견하면 금세 아늑한 기분이 든다. 책이 어떻게 나뉘어져 있는지, 필요한 걸 찾으려면 어디로 가야 하는지 이미 다 알고 있으니 안심이 된다. 그래서 굳이 사려던 책이 없어도 괜히 들어가 한 바퀴 돌며 잘 구획된 섹션들과 베스트셀러, 신간 코너까지 찬찬히 살핀다. 직원들은 모두 친절하고 유익한 조언도 많이 해 주지만, 워낙 손님이 많다 보니 한마디 나누려면 잠시 줄을 서서 기다려야 할 때도 있다.

체인 서점에서는 지금 출판 시장이 어떻게 흘러가고 있

는지, 어떤 책이 잘 팔리고 어떤 장르가 유행하고 있는지 한
눈에 알 수 있다. 최근 체인 서점들에서는 요즘의 독서 트렌
드에 맞춰 틱톡에서 화제가 된 책들을 모아 둔 '북톡Book-
Tok'(틱톡의 책 리뷰 및 추천 콘텐츠에 다는 해시태그) 코너도 자주
보인다. (실제로 책을 고르는 중요한 기준 중 하나다.)

한편, 많은 체인 서점이 책과 함께 각종 문구류도 판매
하고 있다. 서점 안에 카페가 있는 곳도 있다. 커피 한 잔을
옆에 두고 책을 읽을 때보다 더 행복한 순간이 있을까.

뉴욕에 본사를 둔 '반스앤노블Barnes & Noble'은 미국
최대의 서점 체인으로 약 600개 매장을 운영하고 있다. 한
때 온라인 서점의 부상으로 경쟁이 심화되자 전자 기기, 비
디오 게임 같은 상품으로까지 사업을 넓히려 하다 파산 위
기를 맞기도 했다. 이후 반스앤노블은 다시 책에 집중했고,
책을 무대의 중심으로 되돌려 놨다. 지금의 반스앤노블 서
점들은 이전보다 규모가 작고 서가가 단순하게 배치되어
있어 사람들이 책을 한결 쉽게 고를 수 있다. 또 대부분 매
장이 카페도 겸하고 있다.

## 팝업 서점

어느 화창한 날, 익숙한 거리를 산책한다. 속속들이 아는 길이다 보니 발걸음이 이끄는 대로 무심히 걷는다. 그런데 그때 낯선 광경이 눈에 들어온다. 가까이 다가가 보니 책을 팔고 있다.

책을 좋아하는 사람들에게, 길에서 우연히 팝업 서점을 마주치는 일은 더없이 설레는 순간이다. 마치 얼른 와서 둘러보고 책을 사 가라고 누군가 귓가에 속삭이는 것 같다. 죄책감 따윈 들지 않는다. 운명처럼 나를 선택한 책이 저기에서 기다리고 있을 뿐. 이런 팝업 서점을 그냥 지나치는 일은 있을 수 없다.

팝업 서점이 매력적인 건 예상치 못한 등장 때문이기도 하지만, 그곳에서 뜻밖의 책들을 만나게 되기 때문이다. 팝업 서점은 하나의 범주로 묶어 말하기 어려울 만큼 무척 다채로운 모습으로 열린다.

밀라노에는 '템퍼러리 북스토어Temporary Bookstore'라는 서점이 있는데, 공간을 옮겨 다니며 정해진 기간 동안에만 문을 연다. 박람회나 예술 전람회, 전시회 같은 곳에서 주로 열리며, 어디에서든 미술과 사진, 건축, 패션, 디자인

분야의 엄선된 책들을 선보이며 세련된 밀라노 문화를 전
한다.

## 전문 서점

특정 분야에 열정을 쏟고, 그 세계의 책들을 더욱 폭넓게 탐
독하고자 하는 사람에게 꼭 필요한 곳이 바로 전문 서점이
다. 세상에는 미술, 패션, 스포츠, 여행, 일러스트, 지도, 로맨
스소설, 만화 등 다양한 분야의 전문 서점이 있다. 전문 서
점에서 일하는 직원들은 해당 분야에 정통한 경우가 많다.
어떤 마니아적 질문을 해도 척척 대답해 주고, 이야기를 나
누다 보면 어느새 깊은 대화로까지 이어지기도 한다.

**세상의 특별한 전문 서점들**

애리조나주 스코츠데일의 '더 포이즌드 펜The Poisoned
Pen'은 추리, 미스터리, 스릴러소설 전문 서점이다. 저자의
사인이 담긴 초판본을 모으는 팬들에게 성지로 통하는 곳이
기도 하다. 도쿄의 '츠타야Tsutaya' 서점은 예술 서적 및 잡
지로 특히 유명하다. 여유로운 분위기 속에서 천천히 책을

살펴볼 수 있으며, 카페테리아 공간도 있다.

2023년 밀라노에 문을 연 작은 서점 '라토 D Lato D'는 '욕망'을 테마로 정서적 경험 및 신체 탐구와 관련된 서적들을 다양하게 소개한다. 감정과 관계를 둘러싼 담론과 이해가 더욱 중요해진 오늘날, 그 자체로 특별할 수밖에 없는 서점이다.

한편 베를린에 있는 '프로 쿠엠 Pro qm'은 정치, 팝 컬처, 경제 비평, 건축, 디자인, 독일 예술 등에 초점을 맞춘 서점이다. 마치 무질서한 듯 연출되어 있는 서점 내부는 끊임없는 변화와 시간의 흐름을 상징한다.

## 대학가 서점

대학가 서점은 대체로 규모가 작고, 모든 책이 다 진열되어 있진 않으며, 보기 좋기보단 찾기 쉽게 실용적으로 정리되어 있다. 그리고 당연히 학술 및 연구 서적과 강의, 논문 관련 자료들을 중점적으로 다룬다.

어느 도시든 대학 인근에는 늘 서점이 있어 왔다. 시대와 장소를 막론하고 변치 않는 사실이다.

## 중고 서점

중고 서점의 매력은 직접 가 봐야 알 수 있다. 문을 열고 들어서면 일반 서점보다 한층 진한 책 냄새가 마음을 빼앗는다.

좀처럼 보기 힘든 책을 찾는 사람, 책의 겉모습보다는 그 안의 내용을 중시하는 사람, 출간된 지 오래된 책을 찾거나 레트로 감성을 즐기는 사람, 그리고 지갑이 가벼운 사람에게 이보다 더 완벽한 곳은 없다.

코펜하겐 올드 타운을 거닐다 중고 서점을 마주친다면, 그 안엔 온갖 언어와 문화가 뒤섞인 세계가 펼쳐져 있을 것이다.

## 역사적인 서점

오랜 역사를 지닌 서점들은 세계적인 볼거리이기도 하다. 아름답고 웅장한 건물 안에 자리한 곳이 많고, 하나의 문화적 명소로 통한다. 어떤 도시를 여행할 때면 이런 서점을 꼭 들르는 사람들도 있다. 문을 여는 순간, 마치 과거나 영화 속의 한 장면으로 걸어 들어가는 듯한 기분마저 든다. 포르투의 '렐루Lello' 서점은 《해리 포터》 시리즈의 배경에 영감을 준 것으로 잘 알려져 있다.

꼭 짚고 넘어가야 할 또 다른 서점은 부에노스아이레스의 '엘 아테네오 그랜드 스플렌디드El Ateneo Grand Splendid'다. 이 서점은 극장을 개조해 만든 곳이다. 객석이 줄지어 있던 1층부터 2층, 3층까지 모든 공간이 지금은 아름다운 책장으로 채워져 있다. 여전히 남아 있는 무대에는 붉은색 커튼이 드리워져 있어, 언제라도 다시 공연이 시작될 것만 같다.

## 고서점

천장까지 책이 쌓인 작고 어두컴컴한 공간. 고서점에는 값을 따지기 어려운 보물들이 숨어 있다. 안으로 한 발짝 내디디며 그곳의 책 냄새를 들이마시는 순간, 어느새 과거로 여행을 떠나게 된다.

고서점의 마법은 건물이 아니라 그 안에 빽빽이 들어차 있는 오래된 책들에서 비롯된다. 19세기에 나온 초판본을 손에 든다면, 누구라도 마음이 뛰지 않을까. 저절로 손끝이 조심스러워지고, 경외심이 들 것이다.

고서점은 희귀한 서적들의 세계로, 이곳의 오래된 책

들은 깊은 바다에서 떠오른 보물 상자처럼 사람들을 매료한다.

## 가판대

도시의 거리를 걷다 보면 가끔 신문 가판대를 만난다.

그럴 때면 슬며시 걸음을 멈추고, 어떤 것들이 꽂혀 있는지 바라보게 된다. 신문 가판대는 오로지 작은 것들만이 우리에게 줄 수 있는 행복을 약속하며, 자석같이 우리를 끌어당긴다. 그리고 기대를 좀처럼 저버리지 않는다. 어릴 때 간식을 사러 들르던 이곳에서 어느새 신문과 잡지, 그리고 이동 중 펼쳐 볼 책을 고르게 된 사람도 많을 것이다. 지금도 신문 가판대는 어쩐지 즐거워지는 곳이다. 세상 온갖 것들이 조금씩 모여 있다 보니, 괜히 더 눈길이 간다. 그 앞에 서면 우리는 다시 어린아이가 된다. 책을 한 권 집어 들며 아무 망설임 없이 좋아하는 걸 고르던 그 시절의 행복을, 문득 찾아온 작은 선물처럼 다시 맛본다.

## 세상에서 가장 이상하고 아름다운 서점들

전혀 있을 것 같지 않은 곳에 있는 서점들도 있다. 네덜란드 마스트리흐트의 '도미니카넌Dominicanen'은 13세기에 세워진 교회가 1796년 일반 건물로 바뀐 뒤, 지금은 서점으로 쓰이고 있는 곳이다. 영국에는 '워드 온 더 워터Word on the Water'라는 수상 서점이 있다. 1920년대 바지선인 이 서점은 2011년에 문을 열었고, 지금은 킹스 크로스 역 인근 리젠트 운하에 정박해 있다. 베네치아 운하 곁의 '아쿠아 알타Acqua Alta' 서점은 곤돌라와 욕조에 책을 진열해 둔 걸로 유명하다.

그런가 하면, 그 안의 책들로 특별해진 서점들도 있다. 로스앤젤레스의 '더 라스트 북스토어The Last Bookstore'는 책이 아치나 터널, 미로 같은 형태로 배치되어 있다. 사람들 머리 위로 매달려 있기도 하다.

한편 미니애폴리스의 '와일드 럼퍼스Wild Rumpus'에서는 고양이와 쥐, 도마뱀, 타란툴라, 페럿 같은 동물들이 지켜보는 가운데 책을 고를 수 있다!

중국 난징의 '셴펑先鋒 서점'은 처음에 방공호였다가 지하 주차장으로 사용되던 곳을 개조한 서점이다.

그리고 벨기에 브뤼셀의 '쿡앤북Cook & Book'은 말 그대로 식사를 할 수 있는 서점이다! 커다란 내부가 테마별로 나뉘어져 있고, 구역마다 준비되어 있는 책과 메뉴가 다르다.

마지막으로 빼놓을 수 없는 서점은 바로 파리의 '셰익스피어 앤드 컴퍼니Shakespeare and Company'다. 어니스트 헤밍웨이, 에즈라 파운드, F. 스콧 피츠제럴드, 거트루드 스타인, 제임스 조이스 같은 작가들이 드나들던 이곳은, 시간이 흘러도 여전히 많은 이들에게 영감을 주고 있다. 지금도 형편이 넉넉하지 않은 작가와 예술가들은 이 서점에 가면 서점 일을 돕고 잠시 머물 곳을 얻을 수 있다.

# 내가 제일 좋아하는 서점

책과 서점을 사랑하는 당신, 아래 내용들을 간략하게 작성해 보자.

답이 쉽게 떠오르지 않는다면, 아직 찾아낼 비밀이 남아 있다는 뜻일 뿐이다.

망설이지 말고, 찾으러 나서 보자.

❖ 살고 있는 도시에서 제일 좋아하는 서점

❖ 살고 있는 나라에서 제일 좋아하는 서점

❖ 세상에서 제일 좋아하는 서점

❖ 믿고 찾는 서점

❖ 언젠가 꼭 한번 가 보고 싶은 서점

❖ 가장 멋진 2층짜리 서점

---

❖ 가장 멋진 콘셉트 서점

---

❖ 지금까지 가 본 제일 작은 서점

---

❖ 지금까지 가 본 제일 큰 서점

---

❖ 지금까지 가 본 제일 이상한 서점

---

❖ 가장 아름다운 바닷가 도서관

---

❖ 가장 아름다운 산속 도서관

---

❖ 가장 아름다운 언덕 위 도서관

---

❖ 우연히 만나 단숨에 사랑에 빠진 서점

---

❖ 겉모습은 별로지만 마음이 끌리는 서점

---

❖ 책에 관해 인생 최고의 조언을 들을 수 있었던 서점

---

## 서점을 넘어

책을 서점에서만 살 수 있는 건 아니다.

북토크를 들은 직후 벅찬 마음으로 저자의 책을 살 때도 있고, 아무런 기대 없이 들른 벼룩시장에서 운명 같은 책을 만나기도 한다.

어떤 장소든 책과 얽히는 순간, 마법이 된다. 그런 장소 중 유달리 특별한 몇 곳이 있다. 이 모든 곳을 다 가 볼 순 없겠지만 그곳들을 거닌다고 상상해 보자. 지금 앉아 있는 거실 소파나 지하철 좌석, 주위의 소음을 잠시 잊고 눈을 감은 채….

이곳은 베트남 호찌민이다. 사이공 중앙 우체국을 찾아 멀리 있는 친구에게 막 엽서를 부친 참이다. 밖으로 나서는 순간, 거리의 열기가 온몸에 들러붙는다. 하지만 바로 숙소로 돌아가고 싶진 않아서 발길 닿는 대로 조금 걷기로 한다. 솔솔 풍겨 오는 길거리 음식 냄새를 맡으며, 바로 옆을 스쳐 지나가는 오토바이를 피해 걷는다. 그러다 어느 순간, 전혀 다른 거리로 접어든다. 이름처럼 평화롭고 시적인 정취가

가득한 '응우옌 반 빈Nguyễn Văn Bình' 거리다. ('Bình'은 '평
온하다'는 뜻이다.) 천천히 주위를 둘러보기 시작한다. 이곳은
책의 거리다. 처음부터 끝까지 작은 책 가게와 매대, 잡화점
이 늘어서 있다. 눈길이 닿는 곳마다 모두 책이다.

런던의 지하철을 타고 가다가 레스터 스퀘어 역에 내
린다. 계단을 오르자, 피커딜리에서 멀지 않은 소호의 보행
자 거리 한복판이다. 이곳에 온 목적은 레스터 스퀘어에 아
직 남아 있는 스타들의 핸드 프린팅을 보기 위해서다. 조금
더 걷다 보니 '세실 코트Cecil Court'라는 짧은 골목이 나타
난다. 안쪽으로 몇 걸음 더 들어가자, 무슨 행운인지 책을
좋아하는 사람이라면 누구나 매료될 수밖에 없는 곳을 발
견했다는 걸 깨닫는다. 이 골목을 서성이다 보니 마치 무도
회 날 밤의 신데렐라처럼 다른 사람이 된 것 같다. 이 마법
이 언젠가 깨질 거라는 생각 같은 건 할 새도 없다. 희귀본
과 초판본, 고전, 그리고 어린이책까지, 별별 책을 다 볼 수
있다. 보물을 만지는 기분으로 책등을 슬며시 쓰다듬어 본
다. 구석구석 숨어 있는 경이로움을 놓치지 않고 모든 순간
을 음미하기 위해 천천히 걷는다.

웨일스와 잉글랜드를 가르는 와이강을 따라 걸으니 꼭 줄을 타는 곡예사가 된 기분이다. 그중 웨일스 쪽, 정확히 말해 '헤이온와이Hay-on-Wye'를 찾는다. 헤이온와이는 1800명 정도가 살고 있는 작은 마을이다. 하지만 그런 건 눈에 들어오지 않는다. 책을 구경하느라 정신이 없기 때문이다. 이 마을은 어디에나 책이 있다. 진짜 주민은 책이 아닌가 싶을 정도다. 40여 개 서점 덕에 마을은 활기가 넘친다. 거리 곳곳과 창가마다 책이 눈에 띈다. 이곳은 세계 최초의 문학 마을, 이른바 '책 마을'이다. 노르만 시대의 성벽을 따라 책장이 쭉 늘어서 있다. 가까이 가 보니, 야외인데도 꽤 많은 책이 꽂혀 있다. 지나가던 누군가가 집어 들길 기다리고 있는 것 같다. 동전이 있을까 싶어 배낭 주머니를 뒤진다. 책값을 넣는 상자 위에는 '어니스티 북 샵Honesty Book Shop', 즉 '정직한 서점'이라는 이름이 걸려 있다.

도쿄는 여러 얼굴을 갖고 있는 도시다. 현란한 불빛의 시부야가 있는가 하면, 옛 모습을 고스란히 간직한 야나카도 있다. 여행한 지 벌써 며칠이 되었는데도, 이 도시는 계속해서 새롭고 놀랍다. 지하철역을 막 빠져나와 현대적인 거리를 걷고 있는 지금도 마찬가지다. 오랫동안 꿈꿔 온 곳에 드디어 왔다고 생각하니 무척 설렌다. 도쿄에 도착하자마자 곧장 달려오진 않았다. 조금 더 여유를 두고 와, 찬찬히 둘러보고 싶었기 때문이다. 이곳은 헌책방 거리, '진보초神保町'다. 거리의 쇼윈도와 매대, 책장마다 책이 가득 쌓여 있다. 거의 모두 손때 묻은 헌책과 세월을 견딘 고서들이다. 마치 시간의 흐름에서 비켜나 있는 듯한 모습이다. 낡은 표지 위의 한자가 마음을 잔잔히 두드린다. 이 책 저 책, 끌리는 대로 발걸음을 옮기다 보니 길을 잃었다. 시간이 얼마나 흘렀는지, 여전히 같은 골목에 서 있는 건지, 아니면 어디선가 다른 골목으로 접어든 건지도 모르겠다. 하지만 지금이 인생에 몇 없는 완벽한 순간이라는 것만은 분명하다.

## 혼마루 공유형 서점

진보초에는 소설가 이마무라 쇼고今村翔吾가 운영하는 색다른 서점이 있다. 바로 '혼마루'다. 그 이름은 책을 가리키는 '혼本'과 성城의 핵심 구역을 가리키는 '혼마루本丸'의 의미를 합쳐 지은 것이다. 이 서점은 여러 책 판매자가 함께 쓸 수 있는 공유 공간을 만든다는 아이디어에서 탄생했다. 이들은 저렴한 비용으로 선반을 빌려 자신이 팔고 싶은 책을 진열한다. 또 이 공간을 통해 다른 판매자들을 만나고 교류하며 사회적, 문화적 네트워크를 넓힐 기회를 얻는다. 개성도 색깔도 다양한 판매자들이 모인 덕분에 혼마루 공유형 서점은 다채로운 분위기를 뿜어낸다. 2층으로 이뤄진 내부를 두루 살피다 보면 꼭 여러 책 가게를 잇달아 들른 듯한 느낌이 든다. 전통적인 서점이 어려움을 겪고 있는 오늘날, 이마무라 쇼고는 이러한 형태가 서점의 미래라고 생각한다. 사람과 공간을 존중하고, 만남과 소통을 북돋우며, 책으로 함께하는 일의 가치를 이으려는 희망이 담긴 혁신적인 발상이다.

눈을 감고, 책으로 가득한 나만의 장소를 떠올려 보자. 실제로 있는 곳이든 아니든 상관없다. 가 본 적이 있는 곳이어도 좋고, 그저 상상해 봤거나 막연히 꿈꾸는 곳이어도 좋다. 언젠가 생각나면 다시 꺼내 볼 수 있게 글이나 그림으로 남겨 두면 어떨까?

## 우선순위와

## 목록

책 좀 읽는 사람이라면 누구나 읽고 싶은 책 목록을 만들고 있을 터.

다이어리나 노트 구석, 스마트폰 메모 앱 어딘가에 앞으로 살 책 목록이 없을 수가 없다. 친구들과의 대화, 유튜브 영상, 팟캐스트, 뉴스 기사, TV 프로그램, 그리고 SNS에서까지, 매일같이 책 추천이 쏟아진다. 기억해 두고 싶은 책들을 잊지 않으려면 나름의 방법이 있어야 한다.

어떤 책을 사려고 정해 두는 것도 결국 책을 생각하는 일이다. 사고 싶은 책들, 아니, 꼭 사야 할 것 같은 책들. 이 목록에 이름이 올라간 덴 저마다 다 이유가 있다.

**목록이 있으면 죄책감이 줄어든다. 책을 사야 할 그럴듯한 명분이 생기니까.**

어떤 책을 살지 정한 상태에서 서점에 가면, 순간의 충동에 휘둘리지 않을 거라는 묘한 자신감이 든다. 왠지 오늘은 이성적인 선택만 할 수 있을 것 같다. 필요한 선택은 서점 '밖에서' 이미 다 내려 뒀으니까.

들어가서 뭘 해야 할지 고민할 필요도 없다. 목록을 챙긴다, 서점에 간다, 신중하게 선택해 둔 책이 있는 서가로 곧장 간다, 책을 찾아 든다, 그리고 계산대로 가서 계산을 한다.

하지만 누구나 경험해 봐서 알 것이다. 늘 그렇게 생각대로 되진 않는다는 걸. 서점은 마법 같은 곳이다. 서점 문을 열고 들어서는 순간, 멀쩡하던 이성이 마비되고 우리는 다른 사람이 된다. 애지중지 들고 온 살 책 목록은 순식간에 빛을 잃고, 우리는 이미 우선순위도 냉철한 선택도 합리적인 이성도 아무런 힘을 발휘하지 못하는 세계 한가운데 서 있다. 그리고 목록이 흩어진 자리에 남은 건 단 하나, 욕망이다.

이 욕망은 우리를 서점 구석구석으로 이끈다. 시공간에 대한 감각은 흐려지고, 본능에 따라 발걸음을 옮긴다. 그러다 보면 어느새, 나도 몰랐던 내 취향의 낯선 책들이 양팔 가득 들려 있다. 어느새 시간이 훌쩍 흘렀다. 주머니 구석에 처박힌 목록이 자기를 다 잊은 거냐며 몸부림친다. 지금 사야 할 건 여기에 적힌 책들이라며 정신을 차리라고, 어떻게 든 우리를 다시 이성의 세계로 되돌려 놓으려고 절규한다. 하지만 서점의 마법은 쉽게 깨지지 않는다. 실패한 적이 있 을까 싶은 그 교묘한 유혹을 우리는 끝내 뿌리치지 못한다.

책장을 훑는데 살짝 튀어나온 책 한 권이 눈에 띈다. 표 지의 모퉁이만 봐도 아름다운 책이다. 마치 운명이 내가 지 나는 통로에 슬쩍 놔둔 보석 같다. 이 책을 사지 않고 집에 갈 순 없다. 그냥 가면 놓치면 안 될 뭔가를 외면했다는 느 낌이 두고두고 나를 쫓아다닐 것이다. 판타지 섹션 중앙의 평대에 크고 두꺼운 책이 떡하니 놓여 있다. 표지의 드래곤 이 외친다. "여기 좀 봐!" 온몸의 비늘이 번쩍거린다. 홀리듯 다가가 살펴보니, 더군다나 마지막 남은 한 권이다. 이런 행 운이 나를 찾아오다니! 그 작은 행운에, 끝까지 나를 기다려 준 이 한 권에, 내가 이 책을 찾을 수 있도록 세심하게 공간 을 꾸며 둔 서점 직원의 노고에 감사하며, 책을 천천히 집어 든다. 이 책을 품에 안고 가면 세상에서 제일 운 좋은 사람 처럼 느껴질 것이다!

그러나 우리는 서점을 나서 몇 걸음 채 떼기도 전에, 잠 에서 막 깨어난 듯 어리둥절한 표정으로 눈을 깜빡이게 된다. 그러다 갑자기 정신이 번쩍 들어 주머니에 처박혀 있던 책 목록을 꺼내 훑는다. 묵직한 종이 가방을 들여다보며, 의아한 기분에 잠긴다. 대체 이 책들을 고른 건 누군가. 그렇게 고심해서 정해 둔 책은 한 권도 사지 않고 나온 내 자신이 어이없다.

조만간 다시 서점에 들러, 이번에야말로 목록에 있는 책들을 좀 사야겠다.


## 책 포모


가족이든 친구든 직장 동료든, 사람들이 모이면 세상일이나 트렌드, 누가 어떤 일을 왜 했는지 같은 것들이 으레 화제에 오른다. 그래서 이런 얘길 모르면 괜히 혼자만 뒤처진 기분이 들 때도 있다.

'포모FOMO(Fear Of Missing Out) 증후군', 즉 '소외 불안 증후군'이란 뭔가를 나만 놓칠지 모른다는 두려움, 남들보다 뒤처질까 봐 느끼는 불안을 말한다. 특히 SNS상에서 사람들의 관심이 쏠리고 있는 활동이나 콘텐츠에서 나만 소외될까 봐 느끼는 두려움과 관련이 크다.

SNS에서 다른 사람들이 올리는 게시물을 보다 보면, 나만 지금 무슨 일이 벌어지고 있는지 모르고 있는 것 같아서 조바심이 들 수 있다.

이는 현대 사회가 만들어 낸 특유의 불안 심리다. 세상의 흐름에서 뒤처진다는 불안, 사람들과 어울리는 데 도움이 될 중요한 정보를 놓치고 있다는 불안, 그래서 대화에 끼지 못할지도 모른다는 불안이다.

책과 관련해서는 어떨까?

생소하게 들릴 수 있지만 '책 포모'도 있다. 다들 이야기하니 나도 읽어 보려고 특별히 목록에 올려 뒀으나 결국 다 읽지 못할까 봐 드는 불안감이다. 읽어 보고 싶은 이유는 갖가지다.

상을 받은 소설이어서.

주제가 논란이 되고 있는 책이어서.

어딜 봐도 그 책 표지가 눈에 띄어서.

책에 관해서라면 타의 추종을 불허하는 친구가 여러 번 극찬한 책이라, 빨리 읽고 같이 이야기 나누고 싶어서.

제목이 거의 유행어처럼 오르내리고 있어서.

오늘날 우리가 살아가는 시대를 통찰력 있게 풀어낸 책이어서.

팔로우하고 있는 책 인플루언서들이 다들 소개한 책이라 궁금하기도 하고 기대가 되어서.

이런 책이 한 달에 한 권 정도라면, 불안하기보다 오히려 즐거운 자극이 될 것이다.

문제는 트렌드에 발맞추려면 읽을 책 목록이 아주아주 길 수밖에 없고, 수시로 더 길어지기까지 한다는 것이다. 자극이 이렇게 숨 돌릴 새 없이 쏟아지는 덴 포모의 발원지인 소셜 미디어의 영향이 크다.


SNS 시대의 독자는 읽고 싶은 책을 다 못 읽을 수 있다는 불안을 넘어, 지금 화제인 책들을 미처 다 읽기도 전에 유행이 바뀔지 모른다는 섬뜩한 불안까지 떠안게 되었다.


틱톡에서 유행하고 있는 해시태그 '#BookTok'은 독자들이 읽은 책을 짧게 소개하고, 서로에게 추천하는 주요 소통 창구다. 북톡은 새로운 트렌드를 만들며 어떤 책들을 베스트셀러로 올려놓는 중요한 매개로 기능하고 있다. 북톡 덕분에 출간 당시 거의 주목받지 못했던 책에 출판사는 물론 서점 직원들까지 놀랄 만큼 폭발적인 수요가 몰리는 경우도 있다.

그러다 지금은 아예 서점에서 SNS 화제의 책들을 모은 '북톡 섹션'을 찾을 수 있을 정도다. 서점 직원들에게도 SNS는 없어서는 안 될 존재가 되었다. SNS에서 고객들의 관심사를 빠르게 파악하고, 그에 맞춰 시선을 사로잡는 테마 섹션을 꾸밀 수 있기 때문이다.

요컨대, 최근 몇 년 사이 독서가 하나의 트렌드가 되면서 흐름에 뒤처지지 않으려면 알고 있어야 할 책들이 늘었다.

이제 문제는 더 이상 얼마나 많은 책을 읽을 수 있을까 하는 조바심에 그치지 않는다. 오늘날에는 무엇보다도 모두가 떠드는 책이 뭔지 알고 있어야 한다는 불안이 크다. 또 하루가 멀다 하고 바뀌는 흐름을 쫓아가려면 얼마나 빨리 읽어야 할지에 대한 막막함까지 밀려온다.

**책 포모에 시달리는 사람은 지금 손에 든 책에 몰입해**

깊이 음미하기가 힘들다. 그 책을 읽는 동안에도 아직 못 읽은 다른 책들의 제목과 표지가 머릿속에서 계속 맴돌기 때문이다.

독서는 시간이 드는 일이다. 아무리 빨리 읽는 사람이더라도 책 한 권을 다 읽으려면 몇 시간, 대개는 며칠이 걸린다. 늘 같은 속도로 책을 읽는 건 아니다. 긴장감 넘치는 대목에서는 자연스레 빨라지고, 아름다운 풍경이 묘사된 장면에서는 느려진다. 하지만 책이 주는 즐거움을 제대로 누리려면, 그만큼 충분한 시간을 쏟아야 하는 법이다.

한창 책장을 넘기면서도 놓치고 있는 수많은 책을 끊임없이 생각한다고 상상해 보라. 아무리 빨리 읽어도 절대 따라잡을 수 없다.

만약 책 포모를 이겨 내고 싶다면? 이 책에 해결책이 있다! 읽지도 않을 책을 산더미처럼 쌓아 두는 적독가보다 더 책 포모를 능숙하게 다룰 수 있는 사람은 없을 테니까.

당연하게도 적독가들은 갑자기 누가 읽지 않은 책에 대해 물어도 그럴싸하게 대답하거나 책을 재빨리 훑어보는데 통달한 사람들이다. 4장에 있는 적독가의 방식을 따라하면, 책 포모에 시달리지 않고도 '오늘날의 독서 유행'에 동참할 수 있을 것이다.

# 사고 싶은 책 분류하기

누구나 종종 느끼듯 책 목록이 있다고 해서 뭘 사야 할지에 대한 고민이 사라지는 건 아니다. 목록이 너무 길다 보니 막상 책을 사려고 들여다보면 앞뒤로 훑어보기만 수차례, 어느 책부터 골라야 할지 갈피를 잡기가 어렵다.

사고 싶은 책을 닥치는 대로 기록하는 대신, 아래를 참고해 주제별로 나눠 두자. 그렇게만 해도 상황에 따라 어떤 책이 필요한지 바로 확인할 수 있다.

또 이런 식으로 목록을 여러 개 만들면 죄책감 없이 더 많은 책을 살 계획을 세울 수 있다!


❖ 올여름 읽고 싶은 책

❖ 언젠가 꼭 읽고 싶은 고전

❖ 각종 상 수상작

❖ 이런저런 추천 도서

❖ 화제작·신간

❖ 북톡 인기 책

❖ 더 알고 싶은 주제에 관련된 논픽션

❖ 아직 못 읽은 작가의 작품

❖ 빌려 읽고 마음에 들어서, 사서 두고두고 읽고 싶은 책

❖ 재밌게 본 영화의 원작

❖ 그래픽 노블

❖ 전기

❖ 글쓰기 책

❖ 울고 싶을 때 읽으면 좋은 책

❖ 웃고 싶을 때 읽으면 좋은 책

❖ 요정이 나오는 책

❖ 고양이 관련 책

❖ 눈여겨보고 있는 독립 출판사에서 나온 책

❖ 일단 제목이 정말 마음에 드는 책

❖ 여행 갈 때 기차 안에서 다 읽을 수 있는 책

❖ 조금 비싸지만 나 자신을 위한 선물로 사고 싶은 책


**그 밖의 아이디어:**

만약… 아니, 또 목록에 없는 책을 샀다면 어떻게 하는 게 좋을까? 어차피 충동구매는 피할 수 없다. 서점에서 나온 뒤 죄책감이 스멀스멀 올라올 땐, 내가 잠깐 뭐에 홀렸던 건가 싶기까지 하다. 이번이 마지막이라고 다짐하지만 속으로는 불과 얼마 전에도, 또 그 전에도 했던 다짐이란 걸 잘 안다. 하지만 걱정은 접어 두자. 큰일도 아니고, 얼마든지 다시 바로잡을 수 있으니까. 도움이 될 몇 가지 팁을 소개하겠다.

❖ 새로 산 책 제목을 갖고 있던 목록에 적되, 맨 끝이 아니라 원래 있었던 것처럼 중간에 슬쩍 끼워 넣는다. 그리고 곧바로 체크 표시!

❖ 기존 목록을 버리거나 삭제한다. 없었던 걸로 치고 새 목록을 만들기 시작한다.

❖ '목록은 그냥 목록일 뿐, 영원한 약속도 뭣도 아니다'라고 속으로 되뇐다.

❖ 할인된 가격으로 산 책은 애초에 예외!

❖ 서점 직원이 권해 준 책이라 안 살 수 없었다. 원래 사려 던 책이 있단 이유로 늘 탁월한 책을 알려 주는 그 직원의 추천을 뿌리쳤다면 오히려 손해였을 것. 잘 선택한 거니, 스스로를 칭찬해 주자.

❖ 집에 가서 책장의 다른 책들 사이에 아무렇지 않게 꽂는 다. 새로 산 책이 아니라 원래부터 그 자리에 있던 책이라 고 생각하려 해 본다.

❖ 다른 사람에게 기분 좋게 선물한다. (평소 책을 잘 빌려주고, 돌려달라고 재촉하지도 않는 친구에게 작은 애정의 표시로 건네는 건 어떨까?)

❖ '규칙은 깨라고 있는 것'이라고도 한다. 난 원래 틀을 부 수는 걸 좋아하고 조금은 반항적인 기질도 있는 사람이 다. 이 정도는 오히려 나다운 선택이다.

❖ SNS에 올린다. 다른 사람들에게 좋은 책을 소개해 줄 수 있다면, 목록에 없었던 것쯤은 전혀 문제 되지 않는다. 게 다가 '좋아요'를 받으면 기분이 훨씬 나아진다.

❖ 새로운 목록을 하나 만든다, 제목은 '목록에 없지만 산 책 들'. 그러면 다시 마음의 평온을 찾을 수 있을 것이다. 물

론 이 목록이 기존 목록보다 길어지기 시작하면 얘기가 좀 달라진다.

❖ 어쨌거나 교통 신호를 어긴 것도, 교수나 상사에게 무례를 저지른 것도, 옷을 안 걸치고 거리를 돌아다닌 것도, 레스토랑에서 계산을 안 하고 도망친 것도 아니니 신경 안 써도 된다.

❖ 이 책 끝에 실려 있는 '책을 모으는 100가지 이유'를 확인한다.

# 3

# 책이 아주 많은 집

'집에 놀러 가도 돼?' 이 메시지를 한참 쳐다보던 이즈미는 괜히 메시지 앱을 열었다 닫았다 한다. 하지만 당연히 내용이 바뀔 리 없다.

소타를 사귄 진 한 달 정도 되었다. 꽤 마음이 잘 맞는다. 소타는 재밌고, 눈웃음이 예쁜 사람이다. 만나기로 한 시간이 가까워 올 때면 점점 더 설레고 행복해진다. 소타와 함께라면 도쿄 거리를 하릴없이 걷기만 해도 즐겁다. 몇 시간이고 이야기를 이어 갈 수 있고 두 사람 모두 아무 말 없이 있어도 편안하다. 이즈미가 집에 있는 아끼는 책들에 대해 말하자, 소타는 궁금하다며 보고 싶다고 했다. 이즈미는 "언젠가" 하고 웃어넘겼다.

다시 메시지 화면을 들여다본다. '집에 놀러 가도 돼?'

선뜻 뭐라고 답하기가 어렵다. 이즈미는 물론 소타를 좋아한다. 하지만 집으로 초대하는 건 간단한 문제가 아니었다. 이즈미의 집은 다른 사람들 집과 달랐다. 그녀의 집은 말 그대로 책으로 뒤덮여 있었다. 이즈미가 망설이는 건, 집이 어질러져 있다거나 책이 너무 많다 보니 그가 기겁할까 봐 걱정해서가 아니었다. 그가 책들을 보면 자신을 어떻게 생각하게 될지 두려워서다. 이즈미의 집에서 그녀를 드러내고 있는 건 가구나 식물, 커튼, 컵 같은 것들이 다가 아니었다. 책장을 꽉 채운 책들도 그녀에 대해 말하고 있었다. 아니, 거의 고래고래 소리를 지르고 있었다. 책 한 권 한 권이 그녀를 고스란히 비췄다. 모든 책은 이즈미의 선택이고, 그 선택들은 필연적으로 그녀가 어떤 사람인지 나타낼 수밖에 없기 때문이다.

그녀는 아직 소타에게 있는 그대로의 자신을 보여 줄 준비가 되었는지 확신이 없다. 집으로 부른다는 건 깊은 내면을 내보이는 일과 다름없다. 이즈미는 스마트폰을 다시 한 번 확인하곤, 아예 꺼 버린다. 라디오를 켜고 눈을 감은 채 재즈 선율에 귀를 기울이기 시작한다.

적독가의 집은 다른 사람들 집과 조금 다른 구석이 있다. 손님이 도저히 앉을 자리가 없다거나 전혀 생각지 못한 곳에 책이 위태롭게 쌓여 있어 넘어질 뻔하는 사태가 벌어진다. 결정적으로, 적독가의 집은 그 주인을 비추는 거울이다. 아주 적나라하게.

본래 집이란 그 안에 사는 사람을 닮는 법이다. 잘 모르는 사람이더라도 집에 들어가 보면 금세 어떤 사람인지 제법 알 수 있다. 가구는 앤티크 스타일인지 모던 스타일인지? 식물이 있는지? 사진이나 그림이 걸려 있는지? 방은 깔끔하게 정돈되어 있는지? 거실은 밝은지? 부엌은 큰 편인지 작은 편인지?

집에 관해 한 선택들은 우리에 대해 많은 걸 말해 준다. 물론 모든 걸 말해 주는 건 아니다. 집을 보면 그 사람이 가진 성격의 단면이나 취향, 집착이나 관심사가 어느 정도 드러난다. 하지만 가장 내밀히 숨겨져 있는 본모습, 마음의 심연과 존재의 본질, 즉 영혼까지 드러나는 건 아니다.

예컨대 어느 집에 갔더니 아담한 부엌이 있는데, 마치 새것처럼 깨끗하다고 해 보자. 그 집에 사는 사람이 요리하는 걸 좋아하지 않거나 평소에 자주 하진 않을 거라고 생각할 것이다. 주로 외식을 하고 배달 음식을 즐기는 사람일 수 있다. 조금 더 주의를 기울이면, 부엌에 전자레인지가 있는지 없는지도 눈에 들어온다. 그리고 정말 궁금하면, 냉장고 문을 열어 식료품이 가득한지 아니면 거의 비어 있는지도 살펴볼 수 있다.

만약 전자레인지가 있고 냉장고까지 텅 비었다면, 요리를 별로 하지 않는 사람이라는 추측은 더욱 그럴듯해진다. 그 집에 사는 사람이 어떤 사람인지 조금 알게 된 듯한 기분도 든다. 하지만 그와 직접 대화해 보기 전까진 어디까지나 추측일 뿐이다. 그 작은 부엌이 티 한 점 없이 깨끗하고 전자레인지를 갖추고 있으며 냉장고가 비어 있는 건, 어디까지나 막 청소를 마친 데다 아직 장을 보기 전이고, 가끔은 전자레인지로 조리해 먹는 게 편해서일지도 모른다.

게다가 이렇게 살펴본다 해도 그가 실제로 어떤 식생활을 하고, 무슨 음식을 좋아하며, 식단을 바꿀 계획이 있는지, 혹시 채식에 도전 중인지 같은 건 알 수 없다.

결국 이런저런 단서들로 꽤 많은 걸 짐작할 수 있긴 해도, 전부를 알 순 없는 셈이다.


그러나 누군가의 집을 가득 채운 책을 찬찬히 살피다 보면, 훨씬 다양한 면모를 섬세하게 포착할 수 있다. 모든 책 뒤에는 그 사람을 보여 주는 선택이 자리하고 있기 때문이다.

집주인의 책장을 쓱 훑기만 해도 그 사람에 대한 새로운 정보를 알 수 있다. 책이 보기 좋게 꽂혀 있는지, 아니면 어수선한지? 그리고 분류되어 있다면, 어떤 기준인지? 크고 두꺼운 책이 더 많을까, 아니면 작고 얇은 책이 더 많을까? 문학, 에세이, 실용서 중 뭐가 제일 많지?

한마디로 말해, 적독가의 집은 척 봐도 집주인의 취향을 꽤 많이 알 수 있다.

그런데 책들에 가까이 다가가 한 권 한 권 들여다보면? 그때는 주인의 영혼이 그야말로 여지없이 드러나기 시작한다. 거기에 꽂힌 책들은 저마다 그 영혼의 한 조각을 품고 있다. 이즈미네 집 복도에 있는 논픽션들은 뭐에 관한 걸까? 동물? 기술? 아니면 언어에 관한 걸까? 침실에 있는 로맨스소설들은 이어질 수 없는 비극적인 사랑 이야기일까, 아니면 해피 엔딩으로 끝나는 낭만적인 이야기일까?

삶의 한 순간, 꿈, 흥미, 열정…. 책 한 권 한 권엔 전하고 싶은 메시지가 있다. 쌓여 있는 책들은 우리를 울게 하려는 책일까, 웃게 하려는 책일까, 아니면 어떤 아이디어를 전하려는 책일까? 어쩌면 이 셋 모두일 수도 있다.

우리의 책장에는 우리를 우리답게 만드는 온갖 면면이 숨겨져 있다.

적독가에게 누군가를 집에 오라고 하는 일은, 자신의 내면세계를 들여다보게 하는 것과 마찬가지다. 적독가 친구가 나를 집에 초대했다면? 그 사실만으로도 기분 좋은 일이다! 그만큼 그 친구가 나를 신뢰하고 있다는 뜻이니까.

## 집은 나를 비추는 거울

우리 집 책들은 나에 대해 어떤 걸 말해 줄까?

한번 실험해 보자. 현관 밖으로 나가 문을 닫고 잠시 기다린다. 이어서 문을 열고 다시 들어간다. 집 안을 둘러본다. 꼭 이 집에 처음 들어와 본 사람처럼, 다른 사람의 집에 갔을 때처럼 살펴본다.

가장 먼저 눈에 띄는 책이 있을 것이다. 이제 천천히 책장과 여기저기 쌓여 있는 책들, 몇몇 선반을 둘러본다. 그러면서 스스로에게 물어본다. '이 책들은 이 집에 사는 사람에 대해 어떤 말을 하고 있나?' 마치 자신에 대해 아무것도 모르는 사람처럼 이 질문에 답해 보자. 내 책들은 나에 대해 무슨 이야기를 들려줄까? 그 내용에 비춰 상상해 보면, 이 집에 살고 있는 나는 어떤 사람일까?

## 책장 정리하기

적독가가 책장을 정리하는 방식은 결코 얕볼 수 없다. 책을 모으는 사람인 만큼, 적독가는 책을 아끼며 어떻게 배치해 둘지에도 심혈을 기울인다.

애초에 집에 새 책이 끊임없이 밀려드는 상황에서, 책이 말끔히 정리되어 있기란 쉬운 일이 아니다. 그렇기 때문에 또 다른 책을 꽂을 수 있도록 책장 전체를 종종 다시 정리해야 할 때도 있다.

지금부터 함께 책을 정리해 보자.

아래의 단계별 요령을 차근차근 따라가다 보면 생각보다 그리 까다롭지 않다는 걸 알게 될 것이다. 처음에 온 집안이 난장판이 되더라도 너무 낙심하지 말 것. 우선, 책장을 비롯해 침실 탁자, 욕조, 부엌 찬장 등 여기저기에 흩어져 있는 책을 모조리 꺼낸다. 모든 책을 바닥에 벌여 놓는다. 그렇다, 정말 정말 많겠지만, 그래도 겁먹지 말자! 발 디딜 틈 없이 바닥이 빼곡히 뒤덮여도 괜찮다. 중요한 건 책을 처음 사 왔을 때 올려 두곤 줄곧 그대로 놔뒀던 그 자리에서 꺼내는 일이다. 전부 바닥에 늘어놓고 보면 그제야 집에 책이 얼마나 많은지 실감이 날 것이다. 어떤 책이 나에게 정말 중요한지, 팔거나 나눠 줄 수 있는 책은 무엇인지도 분명해진다. 결국 한 권도 처분하지 못할 수 있지만, 그래도 전혀 문제없다.

책이 모두 나와 있으니 집이 횅해 보일 것이다. 조금 뒤로 물러서서 전체를 둘러보자. 집이 어떤 모습이 되면 좋을지, 책으로 각 공간을 어떻게 채울지 상상해 보자. 다음 질문에 답해 보면 도움이 된다.

나는 책이 명확한 기준에 따라 꽂혀 있는 걸 더 좋아하는 사람일까, 아니면 책장이 미적으로 보기 좋게 꾸며져 있는 걸 더 좋아하는 사람일까? 다시 말해 나에게는 필요한 책을 빨리 찾는 게 더 중요할까, 아니면 아름답게 배열된 책들의 전체적인 모습을 보며 기쁨을 얻는 게 더 중요할까?

이 질문에 답하는 게 우리가 해야 하는 첫 번째 중대한 선택이다. 바로 여기에서부터 책 정리가 시작된다. 집을 아름답게 꾸미는 것, 즉 책장에 우리의 미적 취향을 반영하는 건 가벼이 넘길 수 없는 부분이다. 하지만 집에 책이 정말 많다면, 드디어 읽을 여유가 생겼을 때 어떤 책을 찾느라 시간이 허비되지 않도록 신경 쓸 필요도 있다.

따라서 둘 중 어느 쪽이 나에게 우선순위인지부터 분명히 해야 한다. 하지만 도저히 하나를 고르기 어렵더라도, 괜찮다. 이 두 요소를 모두 충족할 수 있는 정리법들도 있으니까.

책은 기본적으로 세 가지 범주로 분류할 수 있다.

- ❖ 겉모습
- ❖ 안에 담긴 내용
- ❖ 서지 정보

사람을 생각해 보자. 우리는 저마다 다른 사람과 구별되는 외형적 특징을 지녔다. 눈동자 색이나 키, 코의 크기 같은 것들이 서로 다르다. 또 고유의 성격과 생각, 존재 방식, 열정이 있다. 그리고 우리 모두에게는 각자에게 부여된 이름과 성, 출생지가 있다.

책도 마찬가지다. 책에는 색, 판형, 표지 같은 외형적 특징이 있고, 존재 방식에 해당하는 주제와 내용이 있으며, 제목, 저자, 출판사 같은 식별 정보가 있다.

집을 보기 좋게 꾸미기 위해 책을 겉모습에 따라 정리하기로 했다면, 제일 쉽고도 효과적인 방법은 책등 색깔대로 책을 배열하는 것이다. 색상별로 자연스럽게 그러데이션을 이루도록 책을 꽂으면 책장을 훨씬 감각적이고 돋보이게 만들 수 있다.



책을 색상별로 꽂으면 집을 아름답게 연출할 수도 있지만 심리적 효과도 얻을 수 있다. 우리의 마음은 색상을 특정 감정과 연결 짓는 경향이 있다. 각 색상은 뇌의 서로 다른 부분을 자극하고, 그에 따라 각기 다른 기분을 불러일으킨다.

따라서 각 방을 다른 색으로 꾸미면, 저마다 눈에 들어오는 분위기가 달라질 뿐 아니라 우리의 기분에도 영향을 준다. 그리고 이때 책이 한몫할 수 있다.

침실에 파란색과 초록색 계열의 책을 비치해 두면 긴장이 풀리고 마음이 차분해져 숙면에 도움이 된다. 열정과 에너지를 불어넣는 공간으로 연출하고 싶다면 빨간색을 고르면 된다.

부엌에는 노란색 책이 잘 어울린다. 밝고 긍정적인 분위기와 생기를 더해 주기 때문이다.

거실에 오렌지색 책을 놓으면 내적 평온과 안정감을 얻고, 낙관적인 태도를 갖는 데 도움이 된다.

작업실은 보라색과 라일락색 책을 두어 창의성과 영감이 살아나는 공간으로 꾸밀 수 있다.

지금부터는 좀 더 상상력을 발휘해 보자. 분홍색은 달콤함과 로맨스를, 흰색은 순수함과 감수성, 순진함을 상징한다. 검은색은 베일에 싸인 듯한 신비로운 오라를 상징한다. 요컨대 책은 외형적으로도 우리에게 큰 의미가 있다. 어떤 모습의 책을 들여놓느냐에 따라 집이 우리에게 주는 느낌이 달라진다.

또 다른 방법은 책을 높이가 낮은 것에서 높은 것 순서로, 혹은 그 반대로 꽂는 것이다. 이렇게 하면 작은 공간은 물론 곳곳의 빈틈도 효과적으로 활용할 수 있다. 다만 이런 식으로 정리해 두면 책을 찾기가 어려울 수 있다. 높이가 비숫비슷한 책이 많을 때는 더욱 쉽지 않다.

책을 내용에 따라 정리하고 싶다면 가장 간단한 방법은 장르별로 나누는 것이다. 예를 들면 로맨스, 미스터리, 호러, 고딕소설, 판타지, 역사, 시사, 경제, 엔터테인먼트, 매뉴얼, 여행 안내서 등이다. 책마다 다루는 내용이 다르니 그에 맞춰 분류해 두면 손님이 왔을 때 책을 추천해 주기도 쉽고, 나 역시 읽을 걸 고를 때 끌리는 섹션으로 가서 눈에 띄는 책을 한 권 꺼내기만 하면 된다. 풍수에서는 비슷한 내용의 책들을 함께 둘 때 공간이 더 조화로워진다고 한다.

마지막으로 책을 서지 정보에 따라 분류하는 방법이 있다. 저자명 가나다순으로 책을 배열하는 방법이 가장 일반적인데, 이렇게 꽂아 두면 저자 이름과 책 제목을 함께 기억하고 있는 한 어떤 책이든 쉽게 찾을 수 있다. 제목 가나다순으로 책을 꽂는 방법도 있다. 책장을 볼 때마다 세계 여행 기분을 맛보고 싶다면 책을 지리별로 나눠 봐도 좋다. 프랑스 문학은 이쪽 칸, 미국 문학은 저쪽 칸, 스페인 문학은 또 다른 칸에 모아 두는 식이다.

책을 찾기에도 편하고 미적으로도 만족스럽게 정리하고 싶다면 먼저 출판사별로 나눈 뒤, 그 안에서 저자명 또는 제목에 따라 가나다순으로 꽂으면 된다. 사실 한 출판사에서 나온 책들은 외형이 비슷한 경우가 많다. 특히 동일한 시리즈라면 말할 것도 없다. 판형, 책등의 제목과 저자명 서체, 출판사 로고, 때로는 표지 색상까지도 똑같다. 그렇다 보니 책이 출판사별로 정리되어 있으면 전체적으로 훨씬 더 보기 좋아진다.

책장을 정리하는 데는 이렇게 다양한 방법이 있다. 아무리 취향이 까다로워도 충분히 자신에게 맞는 방식을 찾을 수 있을 것이다.

# 책을 정리하는 색다른 방법

지금의 책 정리 방식이 따분하게 느껴진다면, 아래의 아이디어를 참고해 변화를 줘 보자. 내 마음에 들어야 책장이 정리된 상태로 유지되는 법! 그러려면 무엇보다도 내 머릿속에 분명한 정리 기준이 있어야 한다.

❖ 평소에 시도해 본 적 없는 기준으로 책을 분류해 보자.

### 마케팅이 한몫한 책(즉, 베스트셀러)

오로지 순위에 있다는 이유로 산 책들. (그렇다, 바로 낚여서 산 책들을 모아 두는 것이다. 솔직히 그게 아니면 살 이유가 없었던 책들이 있을 것이다.)

### 계속 안 읽겠지만, 집에 꽂아 두고 싶어서 산 고전

'이 정도는 집에 있어야 하니까' '언젠가 읽을 날이 올지도 모르니까' 하고 생각하게 되는 책들. 일단은 가끔 훑어보며 읽은 척만 한다. (이 문제는 곧 따로 다룬다.)

### 삶을 바꿔야겠다고 마음먹었을 때 산 교양서

장식용으로도 좋고, 왠지 지적으로 보이게 해 준다. 컴퓨터 모니터 받침으로도 그만이다.

### 기억의 서랍 속 어딘가에 있는 책

분명히 읽긴 한 것 같은데, 무슨 내용이었는지 하나도 기억이 안 나는 책들이 있다. 심지어 장르조차 가물가물하다. 그러면서도 기회가 될 때마다 재밌는 책이라고 말하고 다니는 책들.

### 성스러운 책

아름다운 책들. 너무너무 아름다워서, 흠집이라도 날까 봐 한 번 펼쳐 보지도 못한 책들.

### 남의 책

조만간 주인에게 돌려주리라 되뇌며 죄책감을 달래 보지만, 실은 누가 빌려준 책인지도 기억나지 않는 책들.

❖ 이렇게 분류한 것만으론 아쉽다면, 다른 정리 방식도 얼마든지 있다.


## 예술적 카오스

무질서가 예술이 된다. 책이 놓이는 그곳이 곧 그 책의 자리다.

주의: 이 방식에는 약간의 예술 감각이 요구된다. 우리가 바라는 게 이유 없는 엉망진창은 아니니까.


## 나만의 가나다순

각 자음에 나만의 의미를 부여한 뒤, 그 기준에 따라 책을 분류한다. 예를 들면 이렇다.


ㄱ 그 책을 본 순간 사랑에 빠진 책

ㄴ "노!" 소리가 저절로 나오는 책

ㄷ 도저히 노력해도 못 읽겠는 책

ㄹ "라라라" 흥얼거릴 만큼 기분 좋을 때 읽는 책

ㅁ '뭐야, 왜 샀지?' 싶은 책

ㅂ 보란 듯이 실망감을 안기며 끝난 책

ㅅ 사길 너무 잘한 책

ㅇ 이번엔 안 낚이려 했는데 또 낚인 책

ㅈ 절망적인 표지와 달리 재밌는 책

ㅊ 최고로 아름다운 표지를 지닌 책

ㅋ 크고 두꺼운 벽돌책

ㅌ 태연하게 살인 계획을 읊는 책

ㅍ 파란 끝에 결혼 이야기가 나오는 책

ㅎ 하나도 기억이 안 나는 책


이런 식으로 얼마든지 다양한 분류를 만들어 낼 수 있다. 건드리지도 말아야 하는 책은 'ㄱ', '너무'한 책(너무 길거나 너무 짧고, 너무 예쁘거나 너무 못생겼고, 너무 슬프거나 너무 웃긴 책)은 'ㄴ', 도무지 분류하기 어려운 책은 'ㄷ', 모기 잡을 때 쓰는 책은 'ㅁ', 선물로 받았지만 손이 안 가는 책은 'ㅅ', 절대 안 읽는 책은 'ㅈ', 틈새 메우기용 책은 'ㅌ' 등등 끝도 없다.


**위계적 분류**

아름다운 책은 눈에 잘 띄는 위쪽에, 못생긴 책은 아래쪽에 꽂는다. 당연히 어느 책이 위로 가고, 아래로 갈지는 전적으로 내 마음이다!

**책의 미로**

서재에 책으로 꼬불꼬불한 미로를 만들고, 곳곳에 소소한 즐거움을 숨겨 둔다.

놀러 온 친구들을 위해 단서는 물론, 출구에서 점점 멀어지게 만드는 함정도 잊지 말고 준비해 두자.

❖ 그래도 어딘가 부족하게 느껴진다면, 살짝 더 특별하게 만들어 보자.

**호러 책방 콘셉트**

램프, 크리스마스 전구, 기묘하게 생긴 초…. 어떤 조명을 쓰든, 핵심은 빛과 그림자가 으스스하게 일렁이도록 연출하는 것이다. 밤이 되면 가지런히 꽂혀 있는 책들의 그림자가 벽에 어른거리며 섬뜩한 분위기를 자아낸다.

## 새 책 자리 비워 두기

저기 작은 틈이 보이는지? 그래, 바로 거기다. 펑펑 눈물을 쏟게 만드는 로맨스소설과 철도 탄생에 관한 역사서 사이. 그곳은 비워 두는 게 좋을 것 같다. 나중에 새 책을 꽂으면 딱일 듯하니까!


## 먼지 기념일

먼지 기념일을 정한다. 이날이 되면 청소를 하는 대신, 먼지의 존재를 자랑스럽게 기념한다. 가장 먼지가 많이 쌓인 책장을 패배한 전투의 트로피로 삼는 것도 좋겠다.

주의: 197페이지에 먼지의 아름다움을 노래하는 하이쿠가 나오는데, 이걸 한 글자도 틀리지 않고 외워야 한다.

# 나만의 색다른 정리법

이제부터는 자신만의 정리법을 고안해 보자.

## 나만의 분류 기준

## 나만의 정리 방식

## 나만의 특별함 더하기

좀 더 내 취향에 맞게 꾸미고 싶다면? 유난히 끌리는 것, 혹은 세상에서 가장 좋아하는 걸 떠올려 보자. 단, 책은 제외! 이제 그걸 바탕으로 책장을 다시 정리하고 꾸민다. 예를 들어 유니콘이 떠올랐다면, 책장 곳곳을 유니콘으로 장식한다. 상상력을 발휘해 보자. 누구도 생각 못 한 정리법이 나타날지도!

# 4

## 안 읽은 책

이즈미의 집은 행복한 분위기가 가득하다. 이즈미가 세상에서 가장 안전하다고 느끼는 장소이자, 책으로 채워진 그녀만의 공간이다. 이즈미의 영혼을 닮은 책들이 가만히 읽힐 날을 기다리고 있다.

드디어 초인종 소리가 집 안을 울린다. 이즈미는 마지못해 현관으로 향한다. 굳이 "누구세요?" 물을 필요는 없다. 이미 알고 있으니까.

문을 열기 전, 이즈미는 나중에 숨이 모자랄 걸 대비하기라도 하듯 한껏 숨을 들이마신다.

하지만 문틈으로 드러난 소타의 활짝 웃는 눈을 본 순간, 긴장이 스르르 풀린다. 이즈미는 그가 들어올 수 있도록 옆으로 살짝 비켜선다.

"우와." 소타는 입이 딱 벌어졌다. 이즈미가 미리 귀띔하긴 했지만, 책으로 뒤덮인 집을 실제로 보니 상상 이상으로 압도적이다. 소타는 이즈미의 손을 잡으며 말한다. "정말 근사하다."

이즈미는 그 말에 비로소 안심하며, 혹시 몰라 아껴 둔 숨을 푹 내쉰다. 이즈미도 자기 집이 근사하다고 생각한다. 소타도 그렇게 봐 주니 더없이 기쁘다.

소타는 눈을 반짝이며 이 책장 저 책장을 둘러본다. 이즈미처럼 책등을 손끝으로 훑기도 하고, 탁자 위의 책도 바닥의 책도 조심스레 쓰다듬어 본다. 꼭 정해진 안무를 따라 움직이는 사람처럼, 사방으로 쌓여 있는 책 사이를 왔다 갔다 하면서도 책을 한 권도 떨어뜨리지 않는다. 원래 이 집에 사는 사람이라고 해도 전혀 이상하지 않을 정도다.

곧 무너질 것 같은 책 더미를 발견한 소타는 가운데 있는 책을 살짝 밀어 넣어 다시 균형을 잡아 준다. 그러고서 지나가려던 그는 두 걸음도 못 가 멈칫하더니, 뒤돌아서 그 가운데 책을 빼내며 외친다.

"나 이 책 읽었어! 네가 좋아하는 책이야?"

"어… 아니? 그게 아니라, 글쎄. 모르겠어. 난 아직 안 읽었거든."

"응, 읽고 나면 얘기해 줘. 너는 어떻게 생각할지 궁금해!"

소타는 이즈미가 고개를 끄덕이는 걸 볼 새도 없이 다시 책장에 집중한다. 이제는 제목 하나하나를 천천히 살핀다. 그러면서 거의 모든 책에 대해 질문한다.

"이 책은 표지가 진짜 섬뜩하다. 내용도 그래?"

"진짜 두꺼운 책이네. 어떻게 다 읽었어?"

"어? 이거 나도 읽으려고 생각 중인 책인데! 어때? 읽을 만해?"

그런데 문제가 있다.

이즈미는 그 책들을 읽은 적이 없다는 것이다. 그의 질문이 계속될수록, 이즈미는 차츰 깨달을 수밖에 없었다. 집 안 가득한 책 대부분에 관해 자신이 아는 게 없다는 걸.

소타가 또 다른 책을 보느라 등을 돌린 사이, 이즈미는 뱃속이 오그라드는 것 같다. 이 집이 자기 집이 맞는지 갑자기 낯설게 느껴지고, 이불 속으로 숨고 싶다. 얼굴이 화끈거리고 부끄러움이 밀려온다.

아직 읽지 않은 책들, 하지만 언젠가 시간도 나고 읽고 싶은 기분이 들 때 펼쳐 볼 수 있는 책들이 집에 있다는 건 어쩐지 낭만적이다.

앞서 살펴봤듯 우리의 책장이 새로운 이야기, 곧 신비와 가능성을 무궁무진하게 품고 있다는 사실은 생각할수록 더 흥미롭다.

하지만 여기엔 한 가지 단서가 붙는다. 이 모든 건 다른 사람과 얽히기 전까지만 눈부시다.

적독가를 늘 따라다니는 그 악몽은 누군가 집을 찾아오는 순간 마침내 현실이 된다. 손님들은 집주인이 수년에 걸쳐 책을 모으며 집 안 곳곳에 서서히 쌓아 올린 균형 속으로 거침없이 뛰어든다.

다른 이들은 우리의 책장을 유심히 살피고 이런저런 판단을 내릴지 모른다. 괜히 주눅이 들고, 왜 이렇게 많은 책을 갖고 있는지 변명해야 할 것 같다. 호기심과 질문도 난처하다.

갑자기 우리는 가장 싫어하는 감정에 휩싸인다. 오래도록 베개 밑에 감춰 두려 애썼으며, 주로 죄책감과 사이좋게 손을 잡고 나타나는 그 감정 말이다. 책을 사 모으기 시작한 뒤로 언젠가 날아올 청구서를 기다리듯 때때로 예감할 수밖에 없었던 바로 그 감정.

부끄러움.

부끄러움은 적독가를 끊임없이 따라다닌다. 젖은 옷처럼 찰싹 들러붙어 도저히 떨쳐 내기가 쉽지 않다.

일단 우리가 사는 곳의 모습이 부끄럽다. 사람이 사는 집인지, 작은 공간에 꾸역꾸역 차린 도서관인지 헷갈릴 정도이기 때문이다. 도대체 왜일까 싶은 곳에까지 책이 있는데, 특히 욕실의 책 더미는 말할 것도 없다.

누구나 일상적으로 타인의 판단과 평가를 맞닥뜨린다. 하지만 곰곰이 생각해 보면 제일 혹독한 잣대를 들이대는 건 언제나 나 자신이다. 누가 날 어떻게 볼지 온갖 상상을 하고, 분명 비난하고 있을 거라고, 최악의 평가를 내렸을 거라고 속삭이는 건 결국 우리 머릿속이다. 이런 생각 대부분은 사실이 아니지만 말이다. 그러다가도 집에 돌아오면, 세상에서 나를 가장 편안하고 행복하게 해 주는 책들에 둘러싸여 비로소 내가 있어야 할 곳에 온 듯 마음이 풀어진다. 우리는 모아 둔 책을 정말 아낀다. 책 때문에 집이 아무리 비좁아져도 그 마음은 달라지지 않는다. 결국 이 정도면 자부심을 가져도 된다고 스스로를 다독인다.

다만 안타깝게도 이게 끝이 아니다. 괜히 뒤숭숭한 밤엔 누군가 느닷없이 집에 들이닥치는 악몽에 시달린다. 그것보다 더 뒤숭숭한 밤에는 꿈속을 찾아오는 사람이 정해져 있다. 그런 날에는 두려움에 뛰는 심장을 안고 잠에서 벌

떡 깬다. 그 사람은 바로, 책을 열렬히 사랑하는 독서 애호가다.

책에 특별한 애정이 없는 사람은 그저 조금 놀란 얼굴로 방을 한번 둘러본 뒤, 물어봐야 '이 책들 전부 다 읽은 거야?' 정도를 물을 뿐이다. 그러나 책을 사랑하는 사람들은 그렇지 않다. 그들은 적독가의 집에 발을 들이는 순간 눈을 반짝이기 시작한다. 바닥에 쌓여 있는 책, 여기저기 흩어져 있는 책, 오랫동안 내버려둔 책들까지 차례차례 곁눈질한다. 그리고 더욱 반짝거리는 눈빛으로 그가 할 수 있는 최악의 한마디를 꺼낸다. 책장으로 다가가 책들을 한 권 한 권 천천히 들여다보다 우연히 자신도 읽은 책을 발견하면, 어김없이 그 책에 대한 우리의 생각을 묻는 것이다.

이거 진짜 좋은 이야기잖아. 나도 되게 감동적으로 읽은 책이야. 너는 어느 부분이 제일 좋았어?

난 솔직히 이 책은 좀 난해하더라고. 무슨 말인지 하나도 모르겠던데. 너는 결말이 무슨 뜻인지 이해했어?

이 작가는 특히 풍경 묘사가 대단한 것 같아. 난 거기가 본 적도 없는데 꼭 직접 본 것처럼 느껴지더라. 넌 가 봤어?

문제는 집에 꽂혀 있는 책 대부분이 안 읽은 거나 다름없다는 것이다. 아니, 안 읽었다. 심지어 아예 무슨 내용인지 모르는 책도 있다.

집이 책으로 넘쳐 나는 건, 부끄럽대도 스스로 받아들이고 나면 그만이다. (그래, 나는 책이 많아. 사실 좀 과하지. 그래도 내가 좋아하는 거니까.) 하지만 집에 있는 책들을 당연히 다 읽었을 거라는 남들의 기대만큼은 계속 버겁다.

책 읽는 건 별로 안 좋아하면서 사는 것만 좋아하는 사람처럼 보이겠다….

혹시 내가 책을 과시용으로 산다고 오해하면 어떡하지?

책을 장식품 취급하는 사람으로 여길 수도 있겠어.

좀 이상한 사람이라고 생각할지도….

누가 내 책에 관해 물어도 대답할 말이 거의 없다는 데 생각이 미칠 때면, 왠지 마음이 불편해지고 오랫동안 잠들어 있던 죄책감마저 고개를 든다.

앞으로도 읽을 시간이 있을지 모르겠는데, 책을 이렇게 계속 모으는 게 괜찮을까?

당연히 괜찮다. 부끄러움과 죄책감을 뒤로해도 될 만큼, 책을 계속 모을 이유는 정말 많다.

## 아직 읽지 않은 책이 오히려 읽은 책보다 더 가치 있다

한 사람의 책장, 곧 그를 둘러싸고 있는 책들은 그 사람의 마음을 보여 주는 표상이다. 새로운 책을 더 채워 넣지 않겠다는 건 이미 목적지에 이르렀다는 선언이다. 필요한 건 이미 다 알고 있으니 더 이상 마음의 양식을 채울 필요가 없으며, 확신에 의문을 품으면 으레 그렇듯 괜히 일이 더 복잡해지기만 한다는 뜻이나 다름없다.

반대로 계속 풍성해지는 책장은 우리의 마음이 여전히 호기심으로 가득하며, 새로운 목소리와 생각에 열려 있다는 증거다. 그 책들을 끝내 한 번도 펼쳐 보지 않더라도 말이다.

이 말이 터무니없이 들린다면 정치부터 경제, 사회, 문화, 스포츠와 연예까지 폭넓은 내용을 심층적으로 다루는 시사 잡지 한 권을 떠올려 보자. 그런 잡지를 처음부터 끝까지 전부 다 읽는 사람은 드물다. 사람들은 대부분 가장 먼저 눈에 들어오는 기사 네다섯 편 정도만 유심히 읽는다. 그중 하나는 표지에 제목이 실려 있어 우리가 그 잡지를 사게 만든 기사일 것이다. 예닐곱 편은 대강 읽고, 나머지는 제목이나 사진만 훑고 지나간다.

우리는 이걸 자연스럽게 여긴다. 모든 게 똑같이 흥미로울 순 없는 게 당연하니까. 하지만 그 잡지를 샀다는 사실만으로도 우리가 어떤 사람인지, 또 어떤 통찰을 얻고 싶어 하는지가 꽤 드러난다. 한번 들춰 보지도 않은 채 그대로 두면서도, 그 잡지를 산 것만으로도 뭔가를 얻은 것 같고 지식을 향한 욕구가 샘솟는다.

이탈리아의 소설가 움베르트 에코는 적독이라는 말을 들어 본 적 없을 텐데도, 이 메커니즘을 완벽하게 설명했다.

"이 책들을 모두 다 읽으신 건가요?" 어느 날, 그의 방대한 서재(책 애호가들이 꿈꾸는 도서관 같은 서재로, 책이 무려 3만 권이 넘었다!) 앞에 선 누군가가 물었다. 답은 당연히 "아니요"였다. 그럴 수밖에 없었다. 일단 물리적으로 불가능하니까. 하지만 '읽지 않은 책이 읽은 책보다 훨씬 가치 있기 때문'이기도 했다. 읽지 못할 책들을 모으고 또 모아 책이 넘치는 책장에 일부러 둘러싸여, 그는 자신이 알지 못하는 모든 것을 늘 떠올렸을 것이다. 그 모든 책은 그가 끊임없이 지적 갈증과 호기심을 느끼고, 언제든 지식의 경계를 조금 더 넓혀 갈 태세를 갖추게 한 것이다.

다른 사람들과 생각을 나누는 과정에서도 비슷한 효과를 경험한다. 우리는 직장 동료나 친구들과 어떤 주제로 대화를 나누다 의견이나 판단을 내놔야 할 차례가 되면, 이미 알고 있는 것들에 틀어박히는 경향이 있다. 지금까지 살아오며 보고 들은 것들, 그리고 무엇보다도 읽은 것들에 기반

해 형성된 우리의 지식이 어쩐지 소중히 지켜야 할 사유 재산처럼 느껴진다. 이 때문에 다른 사람들의 말을 경청할 때 얻을 수 있는 새로운 방향, 또 다른 층위의 생각을 접할 기회를 스스로 포기하기까지 한다.

서재에 쌓인 책들은 우리가 더 알아야 할 게 얼마나 많은지, 생각의 지평과 시야를 얼마나 더 넓힐 수 있는지를 또렷이 일깨운다. 우리의 거실을 점령한 그 많은 책들과 다를 바 없이 미지의 영역인 다른 이들의 생각도 두려워 말고 마주하라고 우리의 등을 민다.

### 책과 함께 자라면

책이 가득한 집은 아이가 자라는 데 근사한 환경일 뿐 아니라, 아이의 미래에도 큰 도움이 된다. 이 사실을 분명히 보여주는 것이 호주에서 이뤄진 〈학구적 문화: 31개국 비교로 본 청소년기 책이 성인의 문해력·수리력·기술 능력에 미치는 영향〉 연구다. 이 연구에 따르면, 책이 80권 이상 있는 환경에서 자란 아이들은 성인이 되었을 때 문해력과 수리력이 더 높은 것으로 나타났다. 집에 책이 80권만 되어도 아이의 문해력, 수리력, 기술 활용 능력, 의사소통 능력에 긍정적 영향을 주기에 충분하다는 뜻이다. 나아가 놀랍게도 성인이 되었을 때의 역량이 책을 실제로 읽었는지보다 단지 집에 책이 있었는지와 더 밀접한 관련이 있는 것으로 드러났다.

아이들을 책에 노출시킨다는 건 책을 일상의 풍경으로 끌어들이고, 하루 일과 속에 자리 잡게 하는 일이다. 이 과정에서 아이들은 책이란 걸 인식하고, 자신이 살아가는 집의 당연한 일부로 받아들인다. 그러다 호기심이 커지면, 한 권 집어 들어 도대체 무슨 내용인지 알고 싶어 하게 된다. 책을 접하는 일은 어린이만이 아니라 청소년에게도 중요하다. 청소년 역시 책을 곁에 두기만 해도 장기적 인지 능력을 향상시킬 수 있기 때문이다.

**나는 내가 모른다는 걸 안다**

**그리고 그 사실을 더 절실히**

**깨닫고 싶다**

레바논계 미국인 학자인 나심 니콜라스 탈레브는 자신의

베스트셀러 《블랙 스완》에서 귀납적 추론과 연역적 추론을 완전무결한 진리로 믿어선 안 된다고 말한다. 그래야 우리 삶의 특징인 불확실성과 건강한 관계를 맺을 수 있기 때문이다.

그는 책장에 꽂혀 있는 아직 읽지 않은 책들, 우리가 아직 모르는 것들을 일깨우는 그 모든 책의 집합을 가리켜 '반(反)서재'라고 불렀다.

적독은 파급 효과를 낳는다. 더 많이 읽을수록, 결국 읽지 않을 책도 더 많이 쌓인다. 탈레브는 움베르트 에코의 이야기를 전하며 이렇게 말했다. "더 많이 알수록 읽지 않은 책의 행렬은 길어질 따름이다." 그리고 바로 그 책들이 모여 우리의 반서재가 된다.

지식은 자연스레 또 다른 지식으로 이어질 뿐 아니라, 평생 몰두해도 결코 얻고자 하는 모든 지식을 얻을 순 없다는 자각으로 우리를 이끈다. 우리가 손에 넣을 수 있는 지식은 이론상 인간이 접근할 수 있는 세상의 방대한 지식에 비하면 한없이 미미하다. 하지만 역설적이게도, 이 사실을 깨달은 우리의 반응은 예상과 다르다. 우리는 굴복하지 않는다. '어차피 소용없다'며 책을 사거나 읽는 걸 그만두는 일은 없다. 절대 없다. 오히려 앞으로도 알지 못할 지식들에 둘러싸이는 걸 좋아한다. 심지어 집까지 그 모르는 지식들로 채운다.

읽지 않은 책이 읽은 책보다 언제나 더 매력적인 것도 사실이다. 그 속은 미지의 세계니까.

생각해 보면 역시 소크라테스가 옳았다는 말과 같달까. 적독가의 집은 "나는 내가 모른다는 걸 안다!"라고 온 힘을 다해 소리치는 포스터나 다름없다. 너무 잘 알기 때문에, 눈에 보이는 구체적이고 물질적인 증거를 원한다. 나는 내가 모른다는 걸 알지만, 그렇기에 더더욱 미지의 지식들에 둘러싸이고 싶다.

여기서 지식은 '교과서에 나올 법한' 지식만 뜻하는 게 아니다. 추리소설, 로맨스소설, 심리 스릴러로 집을 가득 채우는 사람도 똑같은 효과를 얻는다. 세상이 돌아가는 원리는 물론 그 안에 깃들어 있는 이야기들에 대해서도 우리가 아는 건 극히 일부에 불과하다. 더 많은 이야기를 읽을수록 그 모든 걸 다 알게 될 순 없다는 사실은 더 절실히 와닿는다. 그러니 모두 알 수 없다면, 집으로 들여 우리 곁에 머물게 하는 것이다. 그 책들을 아침에 눈을 뜨면 가장 먼저 보고, 잠들기 전에 가장 마지막으로 본다.

**읽지 않은 책 수백 권에는 펼쳐지지 않은 모험이 잠들어 있다. 애초에 비밀로 남도록 운명 지어진 모험들이다.**

읽지 않을 문장들, 만나지 못할 인물들, 느끼지 못할 감정들이다. 그러나 이것들이 손만 뻗으면 닿을 곳에 있다.

어떤 주제든 자신의 무지가 드러나는 걸 좋아하는 사람은 없다. 다만 무지가 드러나는 순간에도 자신에게 지식을 넓히고자 하는 의지가 있다는 걸 알고 있다면 불편함은 훨씬 덜하다. 그리고 책을 사는 건 이 의지의 명백한 증거다. 자신의 무지를 인정하는 동시에, 될 수 있는 대로 빨리 그 무지를 메우고 싶다는 선언과도 같은 일이니까. 그리고 이 사실 하나만으로도 사고도 읽지 않은, 아마 앞으로도 읽지 않을 모든 책들을 부끄러워하지 않아도 되는 이유는 충분하다.

하지만 그 이유는 더 있다.

## 훑어보기도 하나의 기술

움베르트 에코는 책장이 자신에게 가장 낯선 주제의 책들, 서로 완전히 다른 주제의 책들, 그리고 언젠간 들여다보고 싶다고 마음속으로 생각해 온 주제의 책들로 가득해야 한다고 믿었다. 또 오랜 세월 한 번도 펼쳐 보지 않아 먼지가 수북이 앉은 책들이 어느 순간 놀랍게도 이미 읽은 책처럼 느껴질 때가 있다고 말했다.

이런 일은 생각보다 훨씬 자주 일어나지만, 우리는 눈치채지 못하고 지나치곤 한다.

어느 날, 몇 년 동안 '있는 줄도 몰랐던' 책을 꺼내 몇 페이지 읽다 보니 마치 예전에 읽은 적이 있는 것처럼 내용이 익숙하게 다가온다.

언젠가 자신도 겪었던 일처럼 느껴지는 사람들이 분명 있을 것이다. '이 책, 내가 읽어 놓고 기억을 못 하는 건가?' 하는 의문이 문득 든다. (이와 관련해서는 뒤에서 더 이야기하려고 한다.)

이 마법 같은 현상을 설명하는 이론은 의외로 꽤 여러 가지다.

가장 먼저 생각해 볼 수 있는 건 그 책이 우리 집에서 오랫동안 함께 '지내 왔다'는 점이다. 당연히 먼지를 털거나 책장을 다시 정리하느라 몇 번쯤 그 책을 꺼내 들었을 것이다. 그저 기계적으로 집었다 놓은 것 같겠지만, 아무리 잠깐이었다 해도 책이 손에 들린 이상 아무 정보도 전달되지 않았을 리가 없다. 이를테면 책을 옮기다 잠깐 멈칫한 순간, 표지의 디자인이나 뒤표지의 문장을 확인했을 때, 나아가 책을 펼쳐 종이 냄새를 맡거나 활자의 폰트, 본문의 소제목에 눈길을 줬다면… 그때 그 책의 내용은 이미 우리에게 스며들고, 우리 마음에 남는다.

게다가 홀로 떨어져 있는 책은 없다. 책은 언제나 서로 연결되어 있다. 어느 한 책을 읽다 보면 참고하려고 다른 책을 찾게 되고, 그 책이 또 다른 책을 불러내며 결국 아주 먼 책까지 이어진다. 어쩌면 이론적으로는 여러 책 사이의 관계나 전체 속에서 각 책이 차지하고 있는 위치만 알아도 그 책들의 내용까지 안다고 할 수 있다. 그리고 이런 식으로 책의 '윤곽'을 파악하고 나면 내용에 대한 어떤 '예상'도 만들어진다. 책을 살 때 이미 생겨났을 이런 예상 덕분에, 우리는 자연히 그 책을 이전에 읽은 비슷한 책들과 같은 범주로 받아들인다.

　그렇다, 어떤 책을 완전히 백지상태에서 읽기 시작하는 경우는 드물다. 같은 계열의 책을 읽었을 수도 있고, 지금 손에 든 책이 그 책에서 언급되었을 수도 있다. 아니면 어떤 기사에서 그 책이 소개된 걸 봤거나 친구와 대화하다 들었을지 모른다. 흐름이 비슷한 이야기들과 크게 결이 다르지 않은 이야기일 수도 있다.

　그러다 그 책을 한번 집어 드는 데 그치지 않고 소파로 가져가 30분쯤 들여다봤다면 자신도 모르는 사이에 '훑어보기' 실력을 발휘했을지도 모른다.

　책에 익숙한 사람들은 책의 구성 방식에도 익숙해, 대강 훑어보거나 목차만 읽고도 곧잘 전체 맥락을 짚어 낸다.

　일반적으로 훑어보기란 책장을 처음부터 끝까지 빠르게 넘기며 눈길을 끄는 대목은 잠시 읽어 보고, 그렇지 않은 부분은 그대로 지나쳐 결론까지 확인하는 읽기 방식을 말한다. 혹은 여기저기 건너뛰거나 아예 끝에서부터 시작해서 저자가 정한 것과 다른 순서로 훑으며 나름대로 책이 어떤 내용인지 감을 잡는 방법도 있다.

　그래서 때때로 이런 묘한 순간도 찾아온다. 한창 대화

를 나누다 어떤 이야기가 나오자, 책장에 꽂혀 있는 특정 책이 떠오른다. 나는 그 책 제목을 꺼내고 몇 가지 사례를 덧붙이며 말을 잇는다. 자연스럽게 관련 있는 다른 책들도 언급한다. 그러다 갑자기 그 책도, 방금 말한 다른 책들도 정작 한 번도 제대로 읽은 적이 없다는 걸 깨닫는다.

어느새 그 모든 책을 내가 읽은 책으로 여기고 있었던 것이다.

프랑스의 문학교수 피에르 바야르는 《읽지 않은 책에 대해 말하는 법》에서 책을 읽지 않는 것의 가치와 중요성을 설파했다. 그는 심지어 책을 읽지 않는 게 책을 깊이 사랑하는 증거라고까지 말했다. 어느 한 권을 읽는다는 건 그 책을 선택하는 일이고, 이는 곧 세상의 다른 모든 책은 선택하지 않는다는 뜻이다. 그러므로 모든 책을 똑같이 사랑하려면 전부 안 읽는 수밖에 없다. 단 한 권도.

읽지 않은 책들에 대한 죄책감에 이만한 위안이 있을까.

**게다가 읽은 책은, 결코 읽지 않은 책만큼 매력적일 수 없다.**

아직 읽지 않은 책은 그 안에 어떤 내용이 담겨 있을지 마음대로 상상해 볼 수 있다. 심지어 독서 일기를 쓰듯 종이 노트나 디지털 앱에 그 책의 리뷰도 쓸 수 있는데, 그게 바로 안 읽은 책을 기록하는 '적독 일기'다. (이 책 마지막에 적독 일기 양식이 실려 있다. 그동안 여러 책을 읽으며 다져 온 독자로서의 감각과 상상력을 살려 한번 기록해 보자.)

다시 말해, 읽지 않은 책에서는 우리가 찾고 싶은 이야기를 얼마든지 찾을 수 있다. 하지만 일단 읽고 나면 그럴 여지가 크게 줄어든다.

실제로 우리는 아직 읽지 않은 책을 이상화하고 온갖 기대를 투영하곤 한다. 사랑 이야기에서 흔히 그렇게 흘러가듯 말이다. 그리고 또 사랑 이야기에서처럼, 그 기대는 현실이 눈앞에 나타나는 순간 실망으로 바뀌기도 한다.

때로 기대가 큰 이유는 누군가의 추천이나 평단의 찬사를 받아서, 또는 오래전부터 읽으려고 목록에 올려 둔 고전이나 소셜 미디어에서 회자되는 책이어서가 아니다.

오히려 우리가 실망하는 건 지금 막 덮은 책이 줄곧 상상해 온 것과 너무 달라서일 때가 많다. 우리는 어디선가 보고 마음에 들어 여러 번 곱씹은 구절이나 표지에서 풍기는 분위기를 통해 나름대로 그 책에 대한 상을 그린다. 그에 맞춰 마음의 준비를 하고 기대해 왔건만, 페이지를 넘길수록 예상과 전혀 다른 문체와 줄거리가 펼쳐진다. 결국 이제 그만 읽어야 하나 싶은 생각이 비집고 올라온다.

이렇게까지 기대와 다를 줄 알았다면 차라리 읽지 말고 상상 속에 남겨 둘 걸 그랬다는 후회도 든다.

주의! 한 가지 짚고 넘어가야 할 점은, 우리의 판단이 전혀 객관적이지 않다는 것이다. 그런 책에는 아무런 잘못이 없다. 어쩌면 굉장히 뛰어난 작품이었을 수도 있다. 하지만 분명, 책에서 만나는 세계는 그 책을 읽기 전 머릿속에서 그린 세계의 아주 작은 일부일 수밖에 없는 게 사실이다.

이런 맥락에서 '나는 비평해야 하는 책은 읽지 않는다. 읽고 영향을 받고 싶지 않기 때문이다'라는 말도 나온 게 아닐까?

그렇다. 우리는 책을 너무 많이 사서 죄책감을 느끼고, 또 그 책들을 대부분 읽지 않아 죄책감을 느끼며, 지금 읽고 있는 책에 대해서도 죄책감을 느낀다.

책을 읽는 동안에는 어그러질 수 있는 게 정말 한두 가지가 아니다. 그리고 독서란 애초에 그런 위험을 품고 있다는 걸 받아들여야 한다.

기대한 만큼 매력적인 내용이 아닐 수도 있다.

도무지 이야기에 몰입이 안 될 수도 있다.

문장이 너무 취향에 안 맞을 수도 있다.

또 배경이 너무 멀게 느껴져 와닿지 않을 수도 있다.

요컨대, 꽤 읽긴 했지만 이제 더는 못 읽겠다 싶을 때가 있다. 그럴 땐 어떻게 해야 할까? 어떻게든 끝까지 읽어야 할까, 아니면 조용히 그 책을 덮고 다른 책을 찾아봐야 할까?

많은 사람이 책을 다 읽지 않고 중간에 덮는 걸 책을 향한 일종의 모욕이라고 생각한다.

마치 책에도 감정이 있는 것처럼, 우리의 거절 때문에 상처받을지도 모른다고 생각한다. 그뿐 아니라 불문율을 어기는 일이기라도 한 듯 다른 독자들에게도 실례라고 느낀다.

그렇지만 한번 읽기 시작한 책은 무슨 수를 써서라도 끝까지 읽어야 한다는 규칙 같은 건 없다. 도저히 버티기 힘든 책은 말할 것도 없다.

소설가 다니엘 페나크도 《소설처럼》에서 '독자의 10대 권리' 중 하나로 마음에 안 드는 책을 중간에 내려놓을 권리를 들었다.

책이 지루하고, 겁을 먹게 만들고, 괜히 마음을 뒤숭숭하게 하는데, 그 책에 작별을 고한 뒤 책장 구석에 꽂아 두면 안 될 이유가 대체 어디에 있을까.

우린 더 읽고 싶지 않아 덮어 버린 책들에 대해 죄책감을 느낄 필요가 전혀 없다. 죄책감을 느끼려면 차라리 우리가 재미도 없는 책을 억지로 붙들고 있는 사이, 책장에서 하염없이 우리를 기다리고 있는 더 재밌는 책들에 대해 죄책감을 느껴야 한다.

평생을 읽어도 세상의 모든 이야기를 다 읽을 순 없다. 그러니 마음에 들지도 않는 책을 읽는 데 시간을 허비하는 건 말이 안 된다.

또… 맞다, 세계적인 걸작이어도 내 마음에는 들지 않을 수 있다. 평소 존경하는 사람이 추천한 작품이어도, 내가 누구보다 좋아하는 작가가 쓴 책이어도 마찬가지다.

어떤 책이 더 이상 끌리지 않는다는 걸, 계속 읽을 이유를 못 찾겠다는 걸 어려워하지 말고 인정하자. 그건 잘못이 아니다. 책을 읽다 보면 자연스레 생기는 일일 뿐이다. 세상 어느 책도, 당연히 우리 집에 있는 책도, 억지로 재밌는 척하며 읽을 필요가 없다!

포기하고 싶은 책이 있다면 왜 그런지 천천히 따져 보며 비판적 안목을 기르는 기회로 삼는 것도 좋다. 우리의 취향을 가다듬을 수도 있고, 다음 책을 살 때 참고할 기준을 얻을 수도 있다. 무엇보다 아직 마음 한구석에 남아 있을지 모르는 성가신 죄책감을 잠재우는 데 도움이 된다!

## 읽지 않았다는 부끄러움을 떨치고
## 읽은 척 대화를 이어 가는 궁극의 요령

❖ 소설: 책장의 책을 몇 가지 유형으로 분류해 둔다. 결말이 비극적인 스릴러, 결말을 예측할 수 없는 스릴러, 그리고 중반부터 결말이 빤히 보이는 스릴러 등으로 나누는 식이다. 숨 막히는 전투 신이 있는 소설만 모아 두거나 긴장감 넘치는 대사가 돋보이는 소설만 따로 묶어 두면, 어떤 얘기가 나와도 딱 맞는 책이 바로 떠오른다.

❖ 주의! 비블리오필이 내 책장을 들여다보게 된다면 수상한 점이 있다는 걸 알아챌 것이다. 그리고 우리는 이런 질문에 답해야 한다. "아니, 주인공이 50페이지 안에 죽는 책을 왜 이렇게 많이 모아 뒀어?"

❖ 논픽션: 책장 여기저기에서 몇 권 뽑아 발췌독을 한다. 인터넷에서 리뷰도 몇 건 찾아본다. 그런 뒤 나만 알아볼 수 있는 키워드를 적은 포스트잇을 각 책에 붙여 둔다. 집에 찾아온 비블리오필이 어떤 책에 관해 물으면, 책장에서 그 책을 꺼내 아무렇지 않게 훑는 척하며 내가 끼워 둔 메

모를 슬쩍 확인한다. 하필 비블리오필이 내 메모가 있는 책 얘기는 꺼내지도 않는다면, 내가 먼저 이렇게 말하며 화제를 돌리는 방법도 있다. '맞아, 나도 그렇게 생각했어. 그 얘기 하니까 생각나는 책이 있는데….'

❖ 굉장히 있어 보이지만 사실 아무 의미도 없는 비유를 든다. 비블리오필은 모르는 티가 나는 걸 싫어하므로, 그게 무슨 말인지 굳이 따져 묻지 않을 것이다. 예를 들면 이렇다. '물론 들판은 푸르고 하늘은 파랗지. 그런데 이 책을 읽고 나니까 들판의 풀대는 노랗고 하늘의 구름은 하얗다는 사실이 더 크게 와닿더라고.' '주인공이 거꾸로 헤엄치는 아주 작은 물고기 같달까.' '낡고 바래서 살짝 누런 유리병에 든 물을 꽃병에 붓고 있는 것 같은 느낌이 들더라.'

❖ 이렇게 빠져나갈 수도 있다. '나도 이 책 읽고 느낀 게 엄청 많긴 해. 그런데 아무래도 책 이야기는 조심스럽더라고. 사람마다 읽고 나서 느끼는 게 다 다르잖아. 그게 또 책의 매력이고. 괜히 내 생각 먼저 말해서, 네가 이 책을 제대로 즐길 기회를 망칠 순 없지.'

❖ 정 다른 방법이 없다면, 다니엘 페나크가 '읽지 않을 권

리'를 독자의 첫 번째 권리로 내세운 데는 다 이유가 있다

고 말하자.

## 안 읽은 책이나 잘 모르는 주제가 나왔을 때, 난 얼마나 임기응변이 가능한 사람일까?

---

1. 전혀 모르는 이야기가 오가는 대화 한복판에 끼어 버렸다.

    a. 티 안 나게 스마트폰으로 슬쩍 검색해 무슨 내용인지 알아본다.

    b. 두루두루 어디에 갖다 붙여도 되는 말들을 자신 있게 던지며 아는 척한다.

    c. 아는 게 없다고 솔직히 밝히고, 다른 사람들 말을 경청한다.

2. 지도도 나침반도 없이 미로에 빠졌다.

    a. 최대한 논리적으로 접근한다. 이미 살펴본 곳과 아닌 곳을 구분할 수 있도록 표시를 남기며 미로를 탐색한다.

    b. 나는 내 직감을 믿는다. 끌리는 쪽으로 가다 보면 결국 출구에 다다르게 될 것이다!

    c. 가만히 앉아서 기다린다. 누군가는 내가 없어진 걸 눈

치채고 구하러 와 줄 것이다.


3. 연극을 좋아하는 친구들이 '색다른 이벤트'를 준비했다며
초대했다. 알려 준 건 아무튼 나도 뭔가 연기를 하긴 해야
한다는 것뿐.

   a. 대비를 한다. 인터넷에서 연기 팁을 찾아보고, 배우들
의 즉흥 연기 영상도 시청한다. 그러면서 떠오른 아이
디어들을 빠짐없이 메모하는 것도 잊지 않는다.

   b. 그저 신난다. 나도 연기하는 걸 좋아한다. 그 이벤트에
서 무슨 재미있는 일들이 벌어질지 벌써부터 설레고
기다려진다!

   c. 즉시 핑계를 대며 초대를 거절한다. 나는 편하게 앉아
다른 사람들이 연기하는 걸 보는 것만 좋다!


4. 모처럼 다 같이 피자를 먹으러 갔는데, 가게 문이 닫혀
있다.

   a. 주변에 갈 만한 다른 피자 가게가 있는지 검색해 본다.
몇 군데 전화를 해 봐도 갈 수 있는 곳이 없으면, 일행

들에게 오늘은 그냥 돌아가고 다음에 다시 모여 먹자

고 한다.

b. 우선 일행이 모두 도착할 때까지 기다린다. 분명 문을

연 다른 곳이 있을 테니 다 함께 근처를 한 바퀴 돌아

본다. 그래도 없으면 공원에 자리를 잡고 피자를 배달

시킨다.

c. 모임을 미룬다. 이 가게를 고른 덴 이유가 있었으므로,

다른 가게로 가는 건 의미가 없다.


## 5. 다음 중 가장 좋아하는 보드게임은?

a. 리스크(전략 게임)

b. 픽셔너리(그림 그려 단어 맞추기)

c. 트리비얼(상식 퀴즈)


## 6. 다가오는 여행을 준비하려고 한다.

a. 일단 가이드북을 사고, 가능한 한 많은 정보를 모은다.

생길 수 있는 모든 변수에 대비하는 것이 목표다!

b. 처음 며칠의 일정만 계획해 둔다. 이후에는 그때그때 발

길 닿는 대로 여행하며 뜻밖의 즐거움을 맛보고 싶다.

c. 여행사를 이용한다. 그 편이 훨씬 안전하고, 내가 일일이 준비할 필요도 없으니까.

7. 막 여행을 떠나려는 참이다. 배낭이 꽉 차서 딱 한 가지만 더 넣을 수 있다. 노트와 펜, 로프 중 뭘 챙길까?

a. 로프. 고민할 것도 없다. 막상 문제가 생기면 이보다 더 유용한 게 없다.

b. 노트와 펜. 여행에 빠뜨리면 안 되는 준비물이다. 이게 있어야 여행하면서 보고 느낀 걸 기록할 수 있다.

c. 둘 다 없어도 된다. 걸어 다니려면 짐이 가벼워야 한다. 최대한 필수품만 챙기는 게 좋다!

## 결과

**a가 가장 많이 나왔다면**

나에게 임기응변이란 결국 논리다! 안 읽은 책에 대해 말하려면 먼저 관련 정보를 조사해야 한다. 되는대로 말하는 것도, 확실하지 않은 얘길 입 밖에 내는 것도 싫어한다.

## b가 가장 많이 나왔다면

나는 창의적인 사람이다. 임기응변에 익숙하며, 얼마든지 잘 해낼 수 있다. 사실 책뿐 아니라 일상 전반도 비슷한 방식으로 풀어 나가는 편이다. 읽지 않은 책에 대해 말하는 건 그 자체로 즐겁다. 마음껏 상상력을 발휘할 기회이기도 하다. 혹시 모른다, 그러다 보면 새로운 이야기가 탄생할 수도 있지 않을까?

## c가 가장 많이 나왔다면

내 사전에 임기응변은 없다. 알면 알고, 모르면 모르는 것. 그 외의 애매한 것들은 무의미하다. 책 얘기를 하려면 내가 읽은 책이어야 한다, 무조건.

# 5

## 책이 넘어야 할 산이라면

불현듯 책을 읽고 싶은 기분에 사로잡힐 때가 있다. 그리고 그런 일은 밤에도 일어난다. 이를테면 이불 속에 포근히 누워 눈이 감기길 기다리고 있을 때.

이 욕망은 갑작스러운 것들에서만 엿보이는 순수함을 고스란히 띤 채, 불쑥 찾아온다. 아무리 외면하려 해도 소용없다. 이즈미의 이성은 지금은 적절한 때가 아니라고, 자고 일어나면 실컷 책을 읽을 수 있지 않냐고, 지금은 공상에 빠질 게 아니라 눈을 감고 잠을 자야 한다고 구구절절 타이른다.

하지만 책을 읽고 싶은 욕망이 너무도 다급한 나머지 다른 것들은 하나도 와닿지 않는다. 이 욕망을 머릿속 한편으로 치워 버리려 해도 똬리를 틀고 버틴다.

결국 이즈미는 일어나 앉는다. 닫힌 커튼을 통과한 어슴푸레한 빛이 그녀를 비춘다. 어쩔 수 없이 차가운 나무 바닥을 밟으며 일어선다.

이즈미는 불도 켜지 않은 채 미끄러지듯 걷는다. 걸음을 옮길 때마다 유카타가 하늘거려 꼭 유령 같다. 그렇게 곧장 책장으로 가지만, 생각한 책을 집기 직전 멈칫한다. 책등만 한번 건드려 보곤 몸을 돌린다.

다시 도쿄의 밤에 묻힌 듯 살며시 걸어 욕실로 향한다.

욕실 안의 작은 스툴에도 책이 몇 권 쌓여 있다. 하지만 이번에도 책을 집으려다 그대로 멈추고 만다.

계속 이런 식이다. 집 이편을 모두 훑고 저편마저 훑는데도, 고통스러운 갈망은 채워지지 않는다.

그러다 마침내 책 한 권을 손에 든다. 요로 돌아가 이불을 덮고 스탠드를 켠다. 그리고 책을 읽기 시작한다. 한 페이지, 또 한 페이지. 그렇게 네 페이지쯤 읽다 번개 같은 깨달음이 스친다. 이미 읽은 적이 있는 책이었다. 완전히 잊고 있었지만, 주인공과 이웃의 고양이가 만나는 장면을 보자 단숨에 생각이 났다. 집에 책이 이렇게 많은데 읽은 책을 또 읽고 싶진 않다. 이즈미는 조용히 탁자 위 책 더미에 그 책을 올려 둔 뒤, 다시 몸을 일으켜 다른 책을 찾아 나선다.

이즈미는 책등을 찬찬히 훑다 어떤 제목에서 잠시 멈추기를 끝없이 반복한다. 이따금 한 권씩 꺼내기도 하지만, 이 책도 저 책도 어딘가 석연치 않다. 내용을 거의 외우다시피 한 책, 너무 여러 번 넘겨봐 이미 읽은 것 같은 책, 주제가 왠지 끌리지 않는 책 등등.

그러다 마침내 온갖 고민이 무색하게 느껴질 만큼 가볍게, 그 순간 가장 먼저 눈에 들어온 책을 집어 들고 요로 간다. 편하게 기대앉아 이불을 배까지 끌어 덮고, 첫 페이지를 편다. 그런데 구부린 무릎 위로 전해지는 책의 무게가 꽤 무겁다. 살펴보니 700페이지가 넘는다. 그러자 책을 읽고 싶은 욕망이, 불쑥 찾아왔던 것처럼 순식간에 사라진다. 지금 바로 읽어야 할 것 같던 그 다급함도 온데간데없다. 이즈미의 머릿속 목소리가 속삭인다. ‘뭐 어때, 내일 읽으면 되지.’ 이즈미는 그 책을 조금 전의 책 바로 위에 올려놓는다. 그리고 불을 끄자마자 잠들었다.

## 책 읽기 미루기

‘나중에.’ 이 한마디는 금세 우리의 마음을 편하게 만든다. 당장 해야 할 일이 한두 가지가 아니라고 해 보자. 집도 정리해야 하고, 식탁도 치워야 하며, 세탁기도 돌려야 한다. 또 내일까지 친구와 함께 가는 휴가 계획을 세우기로 약속해 둔 상태다.

그 순간 머릿속에 번쩍, ‘나중에’라는 단어가 스친다. 곧

핑계가 줄줄이 떠오른다. '좀 이따 시작하면 돼.' '솔직히 좀 쉬어야지.' '어차피 나중에 해도 시간은 충분해.'

그러자 즉시 마음이 가벼워진다. 잔뜩 쌓인 할 일을 생각할 때 나를 옥죄던 피로감이 스르르 가신다. 처음에 나는 우뚝 솟은 산 앞에 서 있었고 그 산을 넘어야 한다는 걸 알았다. 그런데 고개를 돌리자 '뿅' 하고 산이 사라졌다.

솔직히, 할 일을 바로 안 하고 미뤄 본 적이 없는 사람이 있을까?

'나중'이라는 시간은 마법처럼 비현실적이다. 그런 시간은 실제로 존재하지 않는다.

곰곰이 생각해 보자. 우리는 어떤 뚜렷한 시점을 염두에 두며 이 말을 하는 게 아니다. 핵심은, 떠올리기만 해도 초조하고 부담스럽던 일을 하지 않기로 선택할 때 찾아오는 안도감이다.

이때 머릿속에서 벌어지는 일을 이해하려면 우리의 뇌가 상당히 지능적이라는 전제에서부터 출발해야 한다. 뇌는 버거운 상황을 맞닥뜨리는 순간, 우리가 그 문제를 극복

하고 불안을 해소할 수 있도록 대처 전략을 펼치기 시작한다. 할 일을 미루면 어쨌거나 지금 당장은 우리 기분이 나아진다는 것도 아주 잘 알고 있다.

미루기란 하나의 회피 전략에 불과하다. 문제에서 시선을 돌려 산이 보이지 않게 되면, 해야 할 일들은 일시적으로 덜 중요하게 느껴진다.

하지만 우리의 뇌는 그리 멀리 보지 못한다. 눈앞의 편안함을 좇느라 그 결과 초래될 일들은 외면한다. 미루지 않고 처음부터 했더라면 이렇게 막판에 허덕일 일도 없었을 텐데, 하고 후회하며 밤을 새운 적이 얼마나 많은지.

게다가 운이 나쁘면 미룬 대가를 고스란히 치러야 한다. 일을 마지막에 급히 처리하다 보면 서두를 수밖에 없고, 결국 일의 완성도는 떨어지게 마련이다. 다른 사람이 얽혀 있는 경우 더욱 난처한 상황이 벌어지기도 한다. 직장에서라면 왜 이 정도밖에 못 했느냐고 상사가 화를 낼 수 있다. 마감 기한에 쫓겨 동료들이 내 몫까지 허겁지겁 일해야 할 수도 있다. 학교에서라면 잠도 못 자고 벼락치기를 하느라 정작 시험 시간에는 머리가 새하얘지곤 한다.

그렇다면 책과 미루기는 어떤 연관이 있을까?

깊이 생각해 보지 않아도, 우리는 일상의 크고 작은 일들뿐 아니라 책 읽는 것도 미루는 데 선수다. 모처럼 책을 읽어 보려고 펼치지만 '왠지 지금은 때가 아닌 듯해' 하며 곧바로 다시 원래 있던 데 꽂아 둔 적이 한두 번이 아니다.

'꼭 읽어야 하는 책'일 때는 말할 것도 없다. 학교 과제로 주어진 책이라면? 우리는 책을 그 누구보다 좋아한다고 자부하면서도, 의무적으로 읽어야 하면 어떻게든 미루고 피하려 든다. 우리는 스스로 고른 책만 읽고 싶어 한다. 아무리 책이어도 부담으로 다가오면 하기 싫은 일을 해야 할 때와 다를 바 없이 반응한다. 즉, 이렇게 중얼거리게 되는 것이다. '나중에.'

그런데 자신이 고르지 않은 책을 읽어야 할 때만 미루는 건 아니다. 우리는 간절히 읽고 싶었던 책이 눈앞에 있는데도 미룬다. 내일은 꼭 읽겠다고 다짐만 하며 침대 옆에 오래도록 놔둔 책이 있을 것이다.


새로운 독서를 시작하기란 쉽진 않다. 새로운 책, 낯선 이야기, 아직 잘 모르는 주제 속으로 빠져들려면 처음에 나름의 노력이 요구되기 때문이다.

그러다 책에 본격적으로 몰입하기 시작하면 그런 수고는 다 잊어버린다. 하지만 힘들었던 기억이 사라지는 건 아니어서, 새 책을 손에 쥘 때마다 어김없이 되살아난다.

걱정할 필요는 없다. 독서는 분명 수고스럽지만, 그 때문에 책을 향한 우리의 열정이 사그라들진 않는다.

아주 긴 책을 읽어 보려고 마음먹었다가도 미루기 십상이다. 족히 1000페이지쯤 되는 벽돌책을 마주하면 다 읽는 데 얼마나 걸릴지부터 생각하게 된다. 그리고 오래 걸릴 것 같으면 시작도 전에 의욕이 꺾이기도 한다. 무엇보다 긴 책을 읽는다는 건, 한동안 그 책에 매달리느라 다른 책은 엄두도 못 낸다는 뜻이다.

새로운 독서는 적독가에게 더욱 쉽지 않은 일이다. 집에 읽지 않은 책이 수두룩하다 보니 책을 고르는 단계에서부터 난관에 부딪힌다. 한번 읽어 보면 좋을 것 같은 책, 어쩐지 끌리는 책, 지금 나에게 꼭 필요한 것만 같은 책이 책장에 가득하다. 그러나 책을 한 권 고르는 순간 다른 책들은 모두 제쳐 두게 된다. 거기에 그 책이 기대만큼 괜찮지 않을지도 모른다는 염려까지 더해지면, 우리는 이러지도 저러지도 못하는 것이다.

안타깝게도 미루지 않기란 간단한 일이 아니다. 우리는 자꾸 미루는 까닭을 의지력 부족이나 게으름 탓으로 돌리며 마음만 먹으면 쉽게 해결될 거라고 막연히 생각한다. 하지만 미루는 건 우리 뇌가 작동시키는 방어 기제의 일종으로, 그렇게 단순하지가 않다. 일단 뇌가 에너지 절약 모드에 돌입하고 나면 버튼 하나 눌러 되돌릴 수 있는 게 아니라는 말이다.

### 한 번에 여러 권 읽기

한 번에 책을 여러 권 읽는 건 불가능하다고 생각하는 사람들도 있다.

하지만 그렇지 않다. 실제로 여러 권을 동시에 읽다 보니 책을 읽는 부담이 훨씬 줄었다는 사람들이 많다. 무엇보다도 한 번에 두 권 이상 읽으면 책 선택에 따른 불안을 덜 수 있다. 다시 말해, 시간 낭비라는 생각에 기분이 언짢아지거나 지금 당장 못 읽는 책들을 떠올리며 초조해할 이유가 줄어든다. 두꺼운 책도 한결 여유로운 마음으로 고를 수 있다. 한동안 오로지 그 책 하나에만 시간을 쏟아야 한다는 부담에서 자유로워지기 때문이다. 물론 한 권을 다 읽는 데 걸리는 시간이 더 길어지겠지만, 그사이 페이지가 넘어가는 책은 여러 권이다.

그런데 구체적으로 어떻게 해야 하는 걸까? 여러 이야기가 머릿속에서 뒤엉켜 내용이 꼬이는 걸 막을 방법이 따로 있을까? 일단 비슷한 책들은 피하는 게 좋다. 예를 들면 판타지 소설, 실용서, 시집, 이렇게 세 권을 함께 읽는 거다. 이 셋은 서로 완전히 다른 세계니까!

기어코 비슷한 책이나 같은 장르의 책들을 읽어야겠다면, 각각의 책을 읽는 장소를 세심하게 분리해 두는 게 좋다. 책마다 읽는 곳을 정해 두고 지키는 것이다. 이 책은 침실, 저 책은 소파, 그리고 마지막 책은 지하철에서 읽는 식으로 말이다. 비슷하게, 각 책을 언제 읽을지 정해 두는 것도 도움이 된다. 이 책은 자기 전, 저 책은 주말이나 딱히 할 일이 없을 때, 또 다른 책은 통근 시간에.

꼭 한 번에 여러 책을 읽어서가 아니더라도 책마다 읽을 장소와 시간을 정해 보는 건 어떨까? 곧 살펴보겠지만, 책을 읽는 환경은 우리의 독서 경험에 적잖은 영향을 주고 그 책을 어떻게 기억하게 되는가에도 깊이 관여한다.

우선, 이 점을 자각하는 게 중요하다. 미루기 메커니즘이 작동하고 있다는 걸 알아야 문제를 해결할 수 있다.

'나중에' 하며 미룰 때 드는 안도감은 실제 상황과 아무 관련이 없는, 우리 스스로가 만들어 낸 착각에 불과하다는 걸 기억해야 한다. 우리의 긴장을 풀어 주려고 뇌가 하는 거짓말일 뿐이다. '나중에'라는 태도는 생산적이지도, 유용하지도 않다. 그저 힘든 일을 피하는 데만 목적이 있다.

그리고 우리의 뇌는 주어진 일이 너무 많아 보이거나 까다롭게 느껴지면 금방 피로해진다는 사실을 잊지 말자. 지구를 한 바퀴 도는 여행을 앞두고 있으면, 출발하기도 전부터 부담감에 짓눌려 미루고 싶은 마음이 들지 모른다. 너무 거대하고 복잡한 계획이라 차라리 포기하는 게 나아 보인다.

하지만 이 방법을 쓰면 뇌를 속여 피로감을 줄일 수 있다. 할 일을 여러 단계, 여러 시점, 여러 단위로 잘게 나누는 것이다. 그리고 이 단위들을 하나씩 떠올리며 각각에서 어떤 즐거움을 얻을 수 있을지 상상해 보자.

**산을 넘어야 한다면? 눈앞의 완만한 숲길을 그저 한 걸**

음씩 오르기 시작하면 된다.

산 정상에 대해선 잠시 잊자. 처음 두 시간 동안 이어질 산행에만 집중하자. 사방의 녹음을 눈에 담고, 이끼 냄새를 맡고, 나뭇잎 사이로 비치는 햇살을 느끼자.

일본에는 이 마지막 감각을 가리키는 단어, '코모레비木漏れ日'가 있다. 어른거리는 햇살의 시각적 아름다움뿐 아니라 그 순간 느껴지는 기쁨까지 담아낸 말이다. 종종 멈춰 호흡을 가다듬고 다시 나아가라는 초대라고도 할 수 있다.

산은 한 번에 한 걸음씩, 책은 한 번에 한 페이지씩. 그 책이 얼마나 긴지, 차례를 기다리는 다른 책들은 또 얼마나 많은지는 모두 잊고 매 순간을 즐기자.

목록 만들기도 도움이 된다. 가까운 시일 안에 읽을 책 목록이 있으면, 부담 없이 고를 수 있는 몇 권으로 선택지가 좁혀져 어떤 책을 읽을지 정하기가 훨씬 수월하다. (목록 맨 위의 책부터 읽기 시작하지 않아도 된다!)

또 읽은 책 제목을 목록에서 하나씩 지워 나가면 어느 한 권 때문에 다른 책들을 소홀히 하고 있지 않다는 신호를 뇌에 줄 수 있다. 게다가 진전이 한눈에 들어와 책 읽기를 향한 열정이 더 커진다.

단, 이때 목록이 너무 길면 안 된다. 긴 목록은 도리어 의욕을 떨어뜨린다. 서로 겹치지 않는 주제들로 짧은 목록을 여러 개 만들어 두자. (이와 관련된 아이디어는 2장을 다시 참고하자.)



## 모리타 요법으로 행동하는 법 배우기

일본의 정신과 의사 모리타 쇼마가 창시한 이 심리 치료법은 다음과 같은 분명한 전제에서 출발한다. 기분이 좋아져야 한다고 스스로를 다그치거나, 편안하고 힘들지 않을 때만 뭔가를 하겠다는 태도는 도움이 안 된다. 자기 감정을 긍정적이라고 보든 부정적이라고 보든, 있는 그대로 받아들이는 게 중요하다.

모리타 요법의 중심에는 선불교에서 말하는 '받아들임'의 원리가 있다.

실질적으로 행동에 나서려면 아무렇지 않다거나 뭐든 할 준비가 되었다고 자신을 속이거나 설득해서는 안 된다. 자신의 한계나 어려움, 그리고 자신이 통제할 수 없는 상황과 감

정이 있다는 사실을 받아들이는 게 훨씬 솔직한 태도이며, 내면을 편안하게 해 준다. 일본어에는 상황을 있는 그대로 인정하는 태도를 뜻하는 '아루가마마在るが儘'라는 표현이 있다.

자신의 정신 상태를 수용하라는 건 포기하라는 뜻이 아니다. 지금 이 순간 자신의 감정을 이해했다면, 움직일 수 있어야 한다. 자신의 감정과 정서적 측면을 해야 할 일과 분리하는 게 중요하다.

모리타 요법은 변화란 간단히 찾아오지 않으며, 어려운 상황 속에서도 행동하는 법을 배우기는 쉽지 않다는 사실을 일깨운다. 하지만 작은 한 걸음을 내디디라고 말한다. 일단 시작하면 동기가 생기고, 그 힘으로 계속해서 앞으로 나아갈 수 있다는 것이다. 무기력하게 안 좋은 기분 속에 파묻혀 있는 대신 모리타 요법을 실천해 보자. 어렵다는 사실을 부정할 필요는 없다. 그저 작은 것부터 행동으로 옮겨 보자.

독서가 뒷전으로 밀려날 때가 있다. 정신없이 일상을 살아가다 보면 자신이 책 읽는 걸 좋아한다는 것도 잊고 지내기 십상이다. 온갖 생각으로 머릿속이 복잡한 나머지, 기분 전환이 될 걸 알아도 뭔가를 하기가 버겁게 느껴진다. 삶이 지운

짐을 감당하기에도 이미 충분히 벅찬데, 또 다른 짐을 보탤 필요가 있을까?

이럴 땐 독서도 쉬어 가는 편이 좋다. 그렇지만 내심 책을 읽고 싶고 이야기들이 그립다면, 잠시 생각을 내려놓고 현실을 떠나고 싶은 마음이 든다면, 모리타 요법이 길잡이가 되어 줄 것이다.

그렇다, 지금 기분이 영 별로다. 생각이 너무 많고, 기운도 없다. 하지만 그런 것들은 책 읽기와 아무 상관이 없다. 자신의 기분과 하고 싶은 일을 따로 떼어 생각하자. 우리는 기분이 좋지 않아도 책을 읽을 수 있다. 그러려면 먼저 지금 기분이 별로라는 사실을 인정해야 한다. 자신의 상태를 인정했다면, 즉 '아루가마마'의 태도로 상황을 있는 그대로 받아들였다면 이제 작은 한 걸음을 내딛자. 짧은 책을 골라 보면 어떨까? 몇 번을 다시 읽어도 마음이 놓이는 '나만의 안식처' 같은 책을 펼쳐 보자. 한 번에 다 읽지 않아도 괜찮다. 중요한 건 몇 페이지씩이라도 읽어 나가는 것이다.

그러면 서서히 동기가 생겨나고 책을 손에 들 때마다 읽기가 점점 더 수월해질 것이다. 그 책을 다 읽고 나면, 그다음부터는 물 흐르듯 읽힐 것이다. 혹시 그렇게 되지 않더라도 걱정

할 필요는 없다. 또 다른 책으로 다시 처음부터 한 걸음 내딛

기 시작하면 된다!

# 이것만 다 하면, 무조건 시작

그래도 계속 미루느라 책을 펼치지도 못하고 있다면, 기한을 정한다. 지금부터 5분 동안 아래의 '단어 찾기 퍼즐'을 풀어 보자. 잠깐 머리를 비우고 기분 전환을 하는 데 도움이 된다. 그리고 이 퍼즐을 다 풀고 나면, 읽기 시작하자. 더 이상의 변명은 통하지 않는다.

| E | Q | T | E | O | V | U | X | K | A | E | P |
|---|---|---|---|---|---|---|---|---|---|---|---|
| O | H | H | T | G | D | U | Q | T | D | A | F |
| E | E | A | M | I | C | K | O | E | Q | K | E |
| E | V | M | Z | B | A | O | D | O | O | K | X |
| R | N | I | I | A | R | D | Y | F | F | G | R |
| U | I | N | R | T | U | N | R | N | M | N | N |
| S | A | D | S | R | G | U | O | I | O | I | D |
| I | T | T | A | C | A | S | T | Q | R | D | X |
| E | N | K | G | D | M | T | S | U | I | A | T |
| L | U | D | A | S | A | F | T | X | T | E | M |
| B | O | M | I | W | M | A | S | Z | A | R | J |
| E | M | Y | A | T | A | B | M | I | L | C | J |

# 단어

Arrive(도착하다)

Arugamama(아루가마마)

Peak(정상, 꼭대기)

Reading(읽기)

Morita(모리타)

Mountain(산)

Saga(사가)

Climb(오르다)

Story(이야기)

Leisure(휴식, 여가)

Time(시간)

Tsundoku(츤도쿠, 적독)

## 분명 읽었는데

## 기억이 안 날 때

"어, 내가 좋아하는 책이다! 이거 진짜 재밌어, 꼭 읽어 봐!"

"그래? 대략 어떤 이야긴데?"

모르긴 몰라도, 생각보다 많은 사람이 이런 질문을 받고 머릿속이 갑자기 텅 빈 것처럼 아무 말도 못 한 경험이 있지 않을까? 그 책이 멋진 책이라는 건 아주 잘 알지만, 정작 기억나는 내용이 하나도 없는 것이다.

걱정하지 않아도 된다. 우리만 그런 게 아니다. 읽긴 읽었는데 허탈하게도 내용을 다 잊어버렸다는 사람은 한둘이 아니다.

우리는 보고 읽은 모든 게 자동으로 기억에 저장되고, 적절한 기회만 생기면 그 내용을 방금 막 접한 것처럼 술술 말할 수 있을 거라고 생각한다. 하지만 현실은 다르다. 우리 뇌는 정보를 아무 대가 없이 저장하지 않는다. 정보가 꼭 필요해 보이지 않을 땐 말할 것도 없다.

플라톤조차도 글을 쓰는 행위와 그 결과물인 책이 우리의 기억력에 어떤 영향을 미칠지 우려했다. 언제든 정보를 다시 확인할 수 있게 해 주는 여러 매체 덕분에, 우리는 더 이상 모든 걸 머릿속에 집어넣을 필요가 없어졌다. 이런 현상은 오늘날 훨씬 더 두드러진다. 디지털 환경이 일상화되면서 원하는 정보를 언제든, 그것도 별다른 노력을 들이지 않고 빠르게 얻을 수 있게 되었다. 인간의 뇌는 영리하므로 빠른 처리 속도를 유지하기 위해 늘 최적화를 추구한다는 걸 잊지 말자.

우리는 많은 걸, 빠르게 잊는다. 24시간이면 읽은 내용의 90퍼센트가 사라지고 없다. 영화나 드라마로 본 것도 마찬가지다.

하지만 분명 많은 사람에게 위안이 되어 줄 사실이 있다. 그렇게 증발하는 90퍼센트는 책 속의 문장들과 드라마 장면 같은 구체적인 정보다. 뇌가 저장하기엔 지나치게 많은 정보라고 판단하는 것이다.

예를 들어 소설이라면 줄거리를 싹 다 잊어버린다. 주인공 이름이 뭐였지? 주인공이 어떻게 되더라? 그리고 결정적으로, 마지막에 어떻게 끝났지? 이 질문들만 나오면 머릿속이 안개라도 낀 듯 흐릿해진다. 아무것도 기억이 안 난다.

결말을 떠올리지 못하는 건 많은 이들의 오랜 고민이다. 우리는 왜 한결같이 이야기의 끝을 잊어버릴까? 결국 숨죽이고 책장을 넘기는 이유도 결말이 궁금해서인데.

하지만 가만히 생각해 보면, 읽고 나서 까먹는 일을 우리가 괜히 필요 이상으로 심각하게 여기는 건지도 모르겠다. 어쨌든 소설의 줄거리는 간단히 다시 확인할 수 있다. 종이에 인쇄된 이야기가 여전히 그 자리에서 우리가 다시 한 번 훑으며 '맞아, 이거였지!' 하고 떠올려 주길 기다리고 있으니까. 소설만 그런 것도 아니다. 논픽션 역시 목차를 훑고 서문만 다시 읽어 봐도 기억이 되살아나는 경우가 많다.

이후 살펴보겠지만,《롤리타》를 쓴 소설가 블라디미르 나보코프도 책은 읽는 게 아니라 다시 읽는 것이라고 말했다. 그에 따르면 어떤 책을 처음 읽을 때 우리가 실제로 하는 일은 눈동자를 좌우로 움직이는 데 온 힘을 쏟는 것이다. 그렇다 보니 내용은 좀처럼 머리에 들어오지 않는다. 네다섯 번은 다시 읽어야 비로소 그 책을 읽었다고 진정으로 말할 수 있다. 그래야 결말에서부터 이야기를 되짚으며 각 부분이 서로 어떻게 연결되어 있는지 유기적으로 이해할 수 있게 되기 때문이다.

어떻게 보면 산길을 걷는 요령을 익히는 과정과도 닮았다. 처음 몇 번은 몸도 힘들고 당장 걸어야 하는 길에 집중하다 보니 다른 덴 신경 쓸 겨를이 없다. 두 눈은 걸려 넘어지지 않기 위해 끊임없이 발밑을 살피느라, 머리는 목적지까지 얼마나 남았는지 계산하느라 바쁘다. 다리는 불에 타는 것처럼 화끈거리고 숨은 턱턱 막힌다. 그러나 같은 길, 혹은 비슷한 길을 여러 번 오르다 보면 점점 달라진다. 몸이 여전히 힘들긴 해도 어느 순간 그 상황을 받아들이고 다루는 법을 깨닫는다. 더 이상 그 감각에 휘둘리지 않는다. 우리의 발은 흔들리는 돌과 탄탄한 돌을 알아서 구별하게 되고, 두 눈은 마침내 주변을 둘러볼 여유를 얻게 된다. 그제야 비로소 우리는 그곳의 경관을, 그 숲과 그 산을 안다고 말할 수 있다. 그리고 그 전까지의 모든 산행은 시선을 들고 산과 호흡을 맞추는 법을 익히기 위한 훈련이었음을 깨닫는다.

나보코프의 주장에는 우리가 왜 내용을 잊어버리는지에 대한 힌트도 숨어 있다. 한 권의 책이 정말 내 것이 되고, 온전히 내 지식으로 뿌리내리게 하려면 우선 그 책을 깊이 이해해야 한다는 것이다. 그렇다면 내용이 잘 떠오르지 않는다는 건, 책 또한 인간관계처럼 시간을 들여야 가까워질 수 있다는 메시지일지 모른다.

그런데 줄거리도, 주인공도, 결말도 다 잊어버렸는데 기억에 남아 있는 나머지 10퍼센트는 뭘까? 바로 이야기를 읽는 동안 우리가 느꼈던 느낌이다. 책의 분위기는 쉽게 잊히지 않는다. 책을 읽으며 받은 불안감이나 평화로운 느낌도 잘 사라지지 않는다. 어떤 인물이 드러낸 증오, 질투 같은 감정 또한 마찬가지다. 이야기 속에 나온 곳에 가 보고 싶다는 설렘이나 당장 그 책을 덮어 멀찍이 던져 버리고 싶었던 충동 같은 것도 고스란히 기억에 남는다.

미세한 요소들도 있다. 읽을 때는 알아차리지 못했던 듯한데 나중에 오히려 또렷하게 떠오르는 것들이다. 인물의 제스처, 특정 대사, 헤어스타일이나 옷차림, 스쳐 지나가듯 나온 어떤 제목 같은 게 묘하게 생각난다. 처음 읽는 줄 알고 펼친 어떤 책에 대한 기억이 금세 돌아오는 것 또한 그런 자잘한 요소들 덕분이다. '요컨대'라는 말을 자주 쓴다거나, 마침표를 잘 찍지 않는다거나, 유난히 짧은 문장을 구사

하는 등 작가 특유의 문체도 여기에 포함된다. 주인공이 밝은 파란색 집에 살고 있었다는 것, 밤의 숲이 묘사된 방식 같은 것도 있다. 이렇게 세부적인 부분들이 왠지 기억 속에 박혀 있다가 적당한 순간에 떠오르곤 한다.

우리가 책을 읽는 동안 머무는 환경이 우리의 독서에 영향을 준다는 점도 놓치지 말자. 책에 대한 기억은 그 안에 담긴 내용이나 책이 준 느낌으로만 만들어지지 않는다. 책을 읽는 순간 어디에 있었는지, 그날 어떤 기분이었는지 같은 온갖 외부적 요소들도 영향을 준다. 실연의 슬픔 속에서 읽은 책과 새로운 연애를 시작한 설렘 속에서 읽은 책은 다르게 느껴질 수밖에 없다. 우리의 기억은 그 책을 읽던 당시의 나와 떼려야 뗄 수 없이 연결되어 있다. 사소한 예로, 같은 책이라도 해변에서 바닷물에 발을 적시고 모래가 책장 사이로 날아드는 가운데 읽는 것과 산장에서 타닥거리는 벽난로 불 앞에 앉아 읽는 건 서로 다른 경험일 수밖에 없다.

그러니 책을 읽을 때 우리 뇌가 텍스트에 있는 정보뿐 아니라 나 자신과 주변에서 오는 자극도 느긋하게 받아들일 수 있도록 여지를 주자!

또 줄거리는 가물가물하고 느낌만 기억나도 주저 말고

책을 추천하자. 결국 중요한 건 그 느낌이다. "좋아하는 책이라면서 기억을 못 한다고?"라는 말을 들을까 주눅 들 필요 없다. 기억해야 할 건 다 기억하고 있으니까.

우리가 어떤 책을 좋아하는 건 내용을 처음부터 끝까지 기억해서가 아니다. 그 책이 우리를 사로잡았고, 먼 곳으로 데려갔으며, 끝내 변화시켰다는 걸 느끼고 있기 때문이다. 줄거리야 언제든 다시 찾아보면 그만이다!

## 그래도 잊고 싶지 않다면

이제 책 내용을 잊어버리는 게 누구나 겪는 일이란 걸 알았을 것이다. 애초에 우리 뇌가 그렇게 설계되어 있는 거라 비극이라고까지 할 것도 없다.

그래도 미련이 남는다면, 잊지 않을 방법이 어디 없을까 찾아 헤매고 있다면 다음 팁을 참고해 보자.

읽은 내용을 잊어버리게 만드는 주된 요인은 물론 시간이다. 호주에서는 〈몰아 보기가 기억력과 체감 이해도에 미치는 영향〉이라는 제목의 연구 결과가 발표되었다.

연구 팀은 이른바 '몰아 보기', 즉 시리즈물의 여러 회차를 연달아 세 시간 이상 시청하는 행위에 주목했다. 독서를 대상으로 한 연구는 아니지만 밑바탕에 있는 원리는 같다고 볼 수 있다. 우리 뇌가 작동하는 방식이 몰아 보기를 할 때나 쉬지 않고 책을 읽을 때나 크게 다르지 않기 때문이다.

TV 프로그램을 1주일에 한 편씩 시청한 그룹과 몰아 보기로 시청한 그룹을 비교한 결과, 몰아 보기 그룹은 시청 24시간 후 기억 정도가 더 높게 나타났으나 이후 140일 동안 급격히 떨어졌다. 반면 1주일에 한 편씩 시청한 그룹은 24시간 후 기억 정도는 더 낮았지만, 이후 140일에 걸쳐 잊어버리는 속도가 상대적으로 느리게 나타났다. 며칠 만에 숨 가쁘게 몰아 읽은 책일수록 금방 잊어버릴 확률이 높다는 말이다.

**어떤 이야기를 오래오래 기억하고 싶다면 그만큼 시간을 들여야 한다.**

따라서 한 번에 너무 오랜 시간 책을 붙잡고 있지 말고, 느긋하게 읽자. 내용이 훨씬 천천히 흐려진다는 걸 실감할 수 있을 것이다!

다시 읽기 역시 내용을 기억하는 데 좋은 방법이다. 나보코프가 말했듯 처음 읽을 때는 이야기가 전하는 모든 걸 충분히 받아들이기 어렵다. 그 책이 정말 '내 것'이 되기란 더더욱 어렵다. 그러다 어느 날 그 책을 다시 펼치면, 오랜만에 옛 친구를 만난 듯한 기분이 든다. 이미 이 친구에 대해 아는 것들이 있다 보니 처음부터 알아 가지 않아도 된다. 낯선 사람에게 다가갈 때보다 훨씬 편하고, 예전에는 미처 보지 못했던 부분을 이번 기회에 새로 알아차리게 될 수도 있다. 특히 수년 전 읽은 책을 다시 펼쳐 들었을 때 이런 경험을 하곤 한다. 지금의 우리는 그때와 다른 사람이기 때문이다. 다시 읽기는 내용을 더 오래 기억하게 만들어 줄 뿐 아니라 새로운 발견과 영감까지 선사한다.

그리고 마지막으로, 읽은 내용을 다른 사람들에게 들려줘 보자.


읽은 걸 말로 옮길 때, 우리는 그 내용을 더 깊이 소화할 수 있다. 단순히 자신이 기억하는 데 그치지 않고 누군가에게 의미 있는 형태로 전달하기 위해 이야기와 정보를 정리하게 되기 때문이다.

다소 피상적으로 받아들였던 부분도 이 과정에서 구조가 잡히며 한층 또렷하게 다가온다. 교수들이 공부한 걸 다른 사람에게 설명해 보라고 하는 데는 다 이유가 있다. 만약 상대방이 듣기만 하는 사람이 아니라 내가 말하는 책을 알고 있는 사람이라면 더할 나위 없다. 의견을 주고받고 서로 비교해 보는 동안 뇌가 자극되어 내용이 더 확실히 기억에 남는다.

이 모든 게 효과가 없더라도, 읽으면서 간단히 기록하는 방법이 있다는 걸 잊지 말자. 글로 남겨 두면 훗날 우리가 그 책을 읽었다는 증거가 되고, 적는 과정 자체가 내용을 쉽게 잊지 않도록 도와준다.

또 한 가지. 좋아하는 책인데 기억이 잘 나지 않는다면 처음처럼 다시 읽을 수 있다! 다시 읽는 게 정말 그렇게 별로일까?

# 독서 기록 카드

다음은 읽은 책을 하루도 못 가 잊지 않도록 도와줄 독서 기록 카드다. 이걸 바탕으로 자신만의 카드 양식을 만들어 봐도 좋다.

제목

_______________________________________

주요 인물

_______________________________________

배경

_______________________________________

_______________________________________

_______________________________________

핵심 내용

_______________________________________

_______________________________________

_______________________________________

결말

가장 마음에 든 인물

가장 마음에 안 든 인물

이 책을 읽은 곳

이 책을 추천하는 이유 세 가지

잊지 않게 도와줄 짧은 생각 혹은 그림

# 다시 읽기

아직 못 읽은 책들을 읽어야겠다고 생각하면서도 막상 마음이 가는 건 이미 읽은 책일 때가 많다. 읽었던 걸 다시 읽으면 물론 그 책을 더 오래 기억하는 데도 효과가 있지만, 처음 읽을 때 느끼지 못했던 흥미로운 감각과 미묘한 감정들이 우리를 찾아온다. 다시 읽기는 새로운 영감과 놀라움의 원천이다.

그 이유는 뭘까?

먼저, 같은 책이라도 삶의 다른 시기에 읽으면 떠오르는 심상이 완전히 다르기 때문이다. 그게 바로 책의 매력이다. 책이 만들어 내는 이미지, 책이 전하는 정서는 항상 같지 않다. 이런 것들은 이야기에 명시적으로 나타나 있는 게 아니다. 읽는 사람의 마음속에서 생겨날 뿐이다.

그렇다 보니 어떤 책을 두고 다른 사람과 얘기하다 보면 순간 헷갈리기도 하고 내가 제대로 읽은 게 맞나 싶기도 하다. 하지만 애초에 나와 상대방이 그 책을 같은 방식으로 경험했을 가능성은 크지 않다.

다시 읽기를 생각하면 이 지점은 좀 더 흥미롭다. 과거의 내가 한 생각, 느낀 감정, 상상한 장면, 그 모든 게 지금의 나와 일치하지 않을 수 있다. 아마 살면서 겪은 여러 일을 통해 성장하고 세상을 이해하는 방식이 바뀌어 이야기와 인물, 배경을 예전과 다른 마음과 눈으로 보게 되는 건지도 모른다.

다시 읽기는 시간이 흐르며 내가 어떻게 변해 왔는지, 과거의 나는 어떤 사람이었고 지금의 나는 어떤 사람인지 알아차리게 해 준다.

읽었던 책을 다시 읽을 때, 우리 안의 어떤 부분은 자연스레 내면으로 향한다. 꼭 모든 페이지 위쪽 귀퉁이에 우리 내면을 비추는 거울이 있기라도 한 것 같다. 과거의 나와 이토록 깊이 있는 대화를 나눌 수 있게 해 주는 건 세상에 몇 없지 않을까?

그게 다가 아니다. 잠시 눈을 감고, 집처럼 편안한 장소를 떠올려 보자. 그리고 그곳에 있을 때의 감정을 되살려 본다. 이번에는 책을 다시 읽을 때 어떤 감정이 밀려드는지 생각해 보자. 아마 두 감정이 별로 다르지 않을 것이다.

책을 다시 읽는 건 집으로 돌아가는 것과 닮았다. 몹시 지쳤거나 삶의 격변 속에 있을 때 책은 우리를 세상과 멀리 떨어진 곳, 그러나 우리가 이미 가 본 적 있는 곳으로 데려다준다. 정확히 어떤 장면이 이어질지는 기억나지 않아도 그 작품만의 분위기와 작가 특유의 표현, 인물들의 제스처에서 찾아낸 익숙함에 우리는 안도감을 얻는다.

**마치 굽이진 길목과 곳곳의 바위, 지나갈 때 잡을 만한 튀어나온 곳까지 전부 익숙한 길을 따라 산을 오르는 것과 같다.**

줄거리를 기억하고 있다면 보다 강렬한 감정이 떠오를 것이다. 다음 장면에서 두 인물이 만난다거나 누군가 죽는다는 걸 알고 있을 때, 그 책은 더욱 내 책처럼 느껴진다. 꼭 어릴 때 살던 집이나 대학 시절 친구들과 함께 지내던 방으로 되돌아간 듯한 기분이 된다. 세월이 지나 다시 찾으면 모든 게 달라졌다는 생각이 들겠지만, 그럼에도 불구하고 변치 않은 무언가가 바로 그 자리에서 우리를 기다리고 있다. 그리고 우리를 쓸쓸하고도 달콤한 향수에 잠기게 한다.

다시 읽는 이유는 뭐든 괜찮다. 감정에서 비롯된 이유도 있겠지만, 그 책에 대해 얘기해야 할 일이 있거나 독서 모임에서 정한 이달의 책인데 기억이 잘 안 나서 다시 펼치게 될 수도 있다. 시리즈 마지막 권이 나온다는 소식을 듣고 놓치는 부분이 생길까 봐 앞 권을 다시 읽을 수도 있다. 마지막 권을 읽고 나니 앞 권 어딘가에 슬쩍 숨겨져 있었을지 모르는 결말의 단서를 찾아 시리즈를 처음부터 읽고 싶어질 수도 있다.《해리 포터》시리즈의 팬이라면 잘 알고 있을 것이다. 결말을 알고 처음부터 이야기를 다시 읽으면 낯설고도 놀라운 세계가 새롭게 펼쳐지고 이전엔 놓친 디테일들이 눈에 들어오며 또 다른 경험을 할 수 있다.

이렇게 다시 읽기는 영감의 원천이 된다. 지금 내 취향이 어떻고 관심이 향하는 곳은 어딘지 깨닫게 해 준다. 그리고 이건 적독가에게 새 책을 살 아주 좋은 핑곗거리가 된다. 끝내 읽지 않을지도 모르지만, 살짝 들춰 보기만 해도 우린 그 책이 마음에 들 거란 걸 알 수 있다. 지금까지 계속 이야기했듯, 결국 책이란 게 처음부터 끝까지 읽어야만 알 수 있는 건 아니니까.

돌이켜 보면 푹 빠져 몇 번이고 다시 읽은 책들이 있을 것이다. 그중에서도 가장 많이 되풀이해 읽은 책부터 차례대로 적어 보자.



돌이켜 보면 푹 빠져 몇 번이고 다시 읽은 책들이 있을 것이

# 6

# 책과 '책'

집은 사람만 사는 곳이 아니다. 물건도 함께 사는 곳이다. 물건이 없는 집에서 사람은 살아갈 수 없다. 그런 집은 '영혼이 없는 집'이다.

집에는 유용한 물건이 가득하다. 하나하나 분명한 목적을 갖고 우리의 일상적 필요를 채워 준다. 누구나 부엌에는 칼, 욕실에는 수건이 있어야 하고, 잠을 잘 침대와 식사를 할 식탁이 필요하다.

하지만 이런 물건들을 제외하고 한번 생각해 보자. 특정한 용도가 있는 물건들이 모두 사라진 집은 어떤 모습일까? 쓸모 있다고 하기 어려운 물건들만 남아 있을 것이다. 그것들을 찬찬히 들여다보면 금방 알 수 있다. 유용한 물건들이 그곳에 사는 사람의 취향을 반영해 집의 인상을 결정한다면, 집의 진짜 영혼을 비추는 건 이론적으로 '불필요한' 물건들이라는 걸. 그렇다. 이 물건들은 앞서 살펴봤듯 그 존재만으로도 집주인에 대해 많은 걸 알려 준다. 취향은 물론 선호와 선택, 열정까지 고스란히 드러낸다.

통일된 디자인 소품들, 그리고 여행 기념품이나 그림, 사진, 쿠션, 식물(풍수에 따르면 집에는 식물이 꼭 있어야 한다고 한다)처럼 제각기 다채로운 분위기를 뿜어내는 물건들. 집을 개성적으로 만드는 건, 실용적인 것들보다 오히려 이런 비실용적인 것들이다. 이 물건들은 미묘하지만 본질적인 방식으로 공간을 바꾸고, 그 물건을 고른 사람에 관해 더 많은 이야기를 한다.

그렇다면 책은 이 두 범주 중 어디에 속할까? 책은 실용적인 물건일까, 아니면 비실용적인 물건일까?

책을 좋아하는 사람들 집에는 대개 잘 정돈되어 있으면서도 실용적인 책장이 있다. 귀중한 책이나 특별히 소중히 여기는 책들은 탁자나 진열장, 작은 선반에 올라가 공간을 장식하고 있다.

책에 익숙하지 않으며 별로 좋아하지 않고 읽지 않는 사람들도 책을 또 하나의 소품처럼 집에 두는 경우가 많다.

책은 존재만으로도 교양 있는 분위기를 풍기며, 집주인을 호기심 많고 지적이며 다양한 관심사를 지닌 사람으로 보이게 한다. 책에는 사회적으로 통용되는 상징성이 있어 그저 놓여 있기만 해도 분명한 메시지를 전한다. 흥미로운 건, 실제로 책을 읽지 않아도 집을 책으로 채우기만 하면 얼마든지 교양 있어 보일 수 있다는 사실이다!

어느 쪽이든 책이 그림이나 작은 장식품과 비슷한 기능을 한다고 볼 수 있다. 공간의 분위기를 풍부하게 만들고 집주인에 대해 말해 주지만 크게 실용적이라고 하긴 어렵다.

그러나 막상 집에 없으면 허전하게 느껴진다. 미니멀하고 깔끔하게 꾸며진 집은, 처음엔 몰라도 시간이 지나면 뭔가 빠져 있는 듯한 느낌이 들기도 한다. 선반에는 몇 가지 장식품, 벽에는 몇 가지 그림, 탁자에는 몇 가지 식물이 자리하고 있을 뿐이다. 어떤 사람들에게 책은 이런 빈틈없는 공간을 흐트러뜨리는 요소다. 색상도 크기도 제각각이라 어수선해 보이게 만들고, 먼지도 쌓이기 때문이다. (이 얘기 곧 다시 하려고 한다.) 그래서 책을 아예 벽장에 넣어 두거나 서재 같은 방 하나에 몰아서 놔두기도 한다.

하지만 책이 없으면 오히려 공간이 차갑게 느껴질 수 있다. 그래서인지 책을 활용한 인테리어가 돋보이는 음식점이나 카페가 적지 않다. 공간에 따뜻한 분위기를 더하고 집처럼 아늑한 느낌을 주기 위해서다.

적독가의 집은 책이 너무 많다 보니, 어느 순간이 되면 책들이 으레 지니고 있던 어딘가 신성하기까지 한 오라를 필연적으로 잃고 다른 사물들과 다를 바 없어진다.

문화와 아름다움, 이야기와 즐거움을 전하는 책의 자리는 이제 책장을 넘어 집 안 곳곳, 집 자체가 되기 시작한다. 구석구석 모든 빈 공간을 채운다. 그러다 어느 시점에 또 다른 역할을 부여받는다.

더 이상 읽기 위한 것도, 전시하기 위한 것도, 메시지를 전하기 위한 것도 아니다. 책 속의 내용보다 그걸 담고 있는 실체가 우위를 점해 간다. 이야기나 책을 살 때 기대했던 재미와 즐거움, 배움의 가치 같은 것들은 어느새 저 멀리 밀려나 있다. 이제 중요한 건 책이 지닌 물리적 차원이다.

한번 생각해 보자. 책이란 뭘까? 책은 어떻게 쓰일 수 있을까?

책은 생활 속의 이런저런 문제를 해결하는 데 도움이 된다. 식탁이 흔들거리면? 책을 가져와 끼우면 된다! 소파에 앉아 있는데 찻잔을 둘 데가 마땅치 않으면? 책 더미에 올려 두면 된다! 선반 위의 액자가 자꾸 쓰러지면? 책으로 받치면 바로 해결된다!

이때 그 책이 로맨스소설인지, 과학 논문인지, 흑백 그래픽 노블인지는 상관없다. 중요한 건 오로지 책의 물리적 특성이다. 바람이 갑자기 들어와도 열어 둔 방문이 닫히지

않도록 잡아 줄 수 있을 만큼 무거운 책인가? 식탁 다리 밑
에 끼워 둘 수 있을 만큼 얇은 책인가?

요컨대 적독가의 집에 있는 책들은 실용성을 띠게 된
다. 책으로서의 신성한 오라를 잃고, 그저 이름만 '책'인 물
건이 된다.

이즈미는 먼지를 바라보는 걸 좋아한다. 창으로 햇빛이 쏟아
지면 먼지가 반짝이며 춤을 춘다. 그러다 해가 저물고 춤이
끝나면, 먼지는 책 위로 내려앉는다. 책은 먼지가 가장 머물
기 좋아하는 자리다.

이즈미는 먼지를 탓하지 않는다. 어쩐지 그 마음을 알 것
도 같기 때문이다. 이즈미도 먼지처럼 집 안에 햇빛이 들 땐
모든 게 아름답다는 듯 움직이고 춤출 수 있지만, 어둠이 내
려앉는 순간 멈추게 된다. 갑자기, 그냥 그대로. 그리고 책 속
으로 숨어든다.

## 먼지

누구나 먼지를 싫어한다. 집에 새로운 소품을 들이는 게 내키지 않는 사람은 가장 먼저 먼지를 핑계로 댄다. 먼지가 없는 집은 없겠지만, 끝없이 책을 쌓아 두는 적독가의 집은 상상 이상이 아닐까.

집에 책이 있는 사람은 다들 알 것이다. 먼지가 책을 얼마나 좋아하는지, 아무리 없애려 해도 잘 되지 않는다는 걸. 책에 들러붙은 먼지를 털어 내는 건 보통 일이 아니다. 선반, 책장, 바닥에 가득한 책들을 한 권 한 권 집어 들고 천으로 닦아 내는 수밖에 없다. 그런 다음 다시 한 권 한 권 제자리로 돌려 놔야 한다. 정해진 자리가 있을 때의 얘기다.

하지만 이게 과연 의미가 있을까? 책에 먼지가 좀 쌓였다고 이렇게까지 수고를 해야 하는 걸까?

한 번쯤은 아무도 모르게 조용히, 먼지와의 싸움을 멈춰 보면 어떨까? 책을 읽으려고 꺼냈을 때만 슬쩍 털어 줘도 충분하지 않을까?

나아가 아예 관점을 바꿔 보는 방법도 있다. 먼지가 놀라울 만큼 아름답고 특별한 존재라면? 절로 감사 인사가 나올지도 모른다. 먼지야, 정말 고마워. 많고 많은 곳 중 굳이 내 책들 위에 내려앉아 주다니. 고마워, 먼지야. 넌 절대 떠나지 않잖아. 내가 뭘 해도, 늘 다시 돌아와 주는 건 너뿐이야. 덕분에 내 책들이 잿빛으로 반짝거리기까지 하니, 정말 얼마나 고마운지 몰라. 네가 뽀얗게 덮여 있어서 내가 오랫동안 꺼내 보지 않은 책이 뭔지 단번에 알아챌 수도 있고 말이야.

1년에 한 번, 적어도 오늘 하루는 잠시 짬을 내 먼지를 기념하는 시간을 가져 보자. 다음은 먼지에 관한 하이쿠다.


먼지 춤추네
책장과 비밀 사이
내려앉는다


## 책 아무렇게나 다루기


그런데 넌 책 좋아한다면서 왜 바닥에도 두고, 욕실에도 두고, 아무 데나 대강 놔두는 거야?

한 번쯤 이런 질문을 들어 봤을 것 같다. 책을 막 대한다는 생각만으로도 눈살을 찌푸리며 고개를 젓는 사람들이 많으니까. 책을 절대 함부로 만져서는 안 되는 신성한 물건으로 여기고, 서점에서 샀을 때의 모습 그대로 가능한 한 완벽하게 보존해야 한다고 믿는 사람들도 적지 않다.

책장에 지문이 남을까 봐 꼭 손을 씻은 뒤에 책을 펼치는 등 거의 광적으로 책을 관리하는 사람들도 있다. 책이 구겨지면 안 되니 누워서 읽는 법이 없다. 책을 야외로 가지고 나가지도 않는다. 벌레라도 붙으면 큰일이니까. 특히 해변에서 책을 읽는 건 절대 금물이다. 모래와 소금기가 묻으면 책이 끝장나기 때문이다. 뭘 먹으면서 읽어도 안 되고, 마시면서도 안 된다. 당연히 목욕할 때도 안 된다. 걸으면서도 안 되고, 기차, 비행기, 자동차 안에서도 안 되고….

누구나 이렇진 않다. '우리' 중에도 책을 거칠게 다루는게 더 편한 사람들이 있다.


험하게 다룬 책일수록 우리가 책과 함께 보낸 시간의 흔적, 내가 그 책을 손에 쥐고 있을 때 느낀 감정을 오롯이 간직하고 있다.

접히거나 구겨지고 찢어진 데가 있는가 하면, 얼룩도 눈에 띄고 군데군데 밑줄이 그어져 있는 책이야말로 살아 있는 진짜 책이다.

누워서도 읽고, 야외에서도 읽고, 해변에서도 읽어라. 음식을 먹으면서, 목욕을 하면서, 걸어가면서도 읽어라. 기차, 비행기, 자동차 안에서도 읽어라. 그래도 된다는 게 아니다. 일부러 그렇게 해라. 나아가 페이지가 구겨지고, 행과 행 사이에는 소금기와 모래 낀 흔적이, 그 위에는 빨간색 주스가 말라붙은 자국이, 또 단어의 가장자리에는 기름기 묻은 손자국이 남기를 바란다. 그렇게 해야 시간이 흐른 뒤 어떤 책을 다시 집어 들었을 때 그 페이지를 마주했던 순간이 되살아날 수 있기 때문이다. 오래전 어느 날, 할아버지 댁 정원의 나무 아래 해먹에서 책을 읽은 적이 있었을지도 모른다. 지금은 사라진 그 나무 진액이 떨어져 생긴 작은 얼룩이 내 책에 남아 있다면 어떨까.

책을 마구 다루는 사람들에게 책은 기억과 추억이 깃들어 언제든 다시 불러낼 수 있는 공간이다. 적어도 우리 사이에서는 그런 걸 부끄럽게 생각하지 않아도 된다. 서로의 비밀을 지켜 주기로 하자.

## 고백의 시간

이 페이지는 누구의 눈치도 보지 않고 자유롭게 얘기해도 되는 비밀의 공간이다. 지금껏 책에 저지른 온갖 만행을 속 시원히 털어놔 보자. 바로 이렇게.

❖ 책갈피를 쓰기 귀찮아서 그냥 페이지 모서리를 접어 둔다.

❖ 책등이 망가지든 말든 책을 쫙 펼치고 가운데를 꾹꾹 눌러 읽기 편하게 만든다.

❖ 형광펜 색상을 바꿔 가며 마음에 드는 부분에 밑줄을 긋는다.

❖ 침대에서 매니큐어를 바를 때 책을 받침대로 쓴다.

❖ 초콜릿을 먹으면서 책을 읽는다.

❖ 책을 편하게 읽으려고 겉표지를 벗겨 둔다. 그리고 책을 다 읽고 나서도 되돌려 놓지 않을 때가 있다.

❖ 메모할 종이가 집에 없으면 책 맨 뒤쪽의 빈 페이지를 찢어 쓴다.

자, 이제 자신의 죄를 고백할 차례다.

# 7

# 동전의 또 다른 면

이즈미는 가끔 집이 점점 좁아지며 자신을 옥죄는 듯한 기분에 사로잡힌다. 책들이 더 이상 자신을 지켜 주지 않는 것 같다. 다정하게 말을 건네며 편안하게 감싸 주던 평소의 모습은 온데간데없다.

대신 마치 가시라도 돋은 것처럼 보인다. 책들이 책장에서 튀어나와 더, 더 가까이 다가온다. 날카롭고 무섭게 느껴질 정도다. 자신의 집인데도 갇혀 있는 것 같다.

이럴 때면 집이 싫다. 책들도 싫다. 멀리, 사방이 탁 트여 지평선이 훤히 보이는 드넓은 어딘가로 달아나고 싶다.

이즈미는 책에 닿지 않게 조심하며 바닥에 앉는다. 천천히 두 눈을 감는다. 그리고 파도도 치지 않는 잔잔한 바다 한가운데 있는 상상을 한다. 자신과 푸른 바다뿐이다. 점차 호흡이 차분해진다. 그렇지만 곧바로 눈을 뜨진 않는다. 자신의 집을, 집 안에 가득 차 버겁게 느껴지는 그 모든 책을 볼 마음의 준비가 아직 되지 않았기 때문이다. 시간이 조금 더 필요했다.

그렇게 눈을 감은 채 바닥에 앉아, 집에서 더는 찾을 수 없는 자유로운 느낌을 어떻게든 느껴 보려 애쓴다. 다시 눈을 뜬 이즈미는 해야 할 일을 생각한다. 방을 쭉 둘러보니 박스를 꺼내 필요 없는 책들을 담아 내보내야 할 것 같다. 도서관에 기증하면 반갑게 받아 줄 것이다.

　이즈미는 마침내 자리에서 일어난다. 박스 몇 개를 거실 가운데 가져다 두고 정리를 시작한다. 선반을 하나씩 훑고, 바닥에 쌓인 책 더미도 차례차례 살핀다. 이 문 저 문을 열어 잘 안 보이는 구석에 있는 책들도 살펴본다. 그런데 박스에 넣을 만한 책이 없다. 단 한 권도. 기껏 집어넣다가도 손이 멈춘다. 지금은 싫긴 하지만, 사실은 마음속 깊이 아끼는 책들이기 때문이다. 떠나보낸다고 생각하니 겁이 난다. 집에 책이 없으면 어떻게 될지 두렵다. 책이 없는 자신이 어떤 사람이 될지 두렵다.

## 바벨의 도서관

호르헤 루이스 보르헤스는 지식의 방대함을 설명하기 위해 상상의 도서관을 고안했다. 바로 '바벨의 도서관The Library of Babel'이다.

바벨의 도서관은 육각형 방이 끝없이 이어지는 광대한 구조물이다. 각각의 방에는 헤아릴 수 없이 많은 책이 꽂혀 있다. 문자와 공백이 포함된 25개의 기호를 조합해 만들어 낼 수 있는 모든 책이다. 다시 말해 이미 쓰인 책은 물론 아직 쓰이지 않은 책까지, 세상의 모든 책을 아우른다.

보르헤스는 지식 자체를 물리적 은유로 형상화해 보여 줄 방법을 찾았다. 존재하는 모든 것, 아직 창조되거나 발견되지 않았지만 존재할 수 있는 모든 걸 담으려면 바벨의 도서관처럼 거대한 공간과 문자의 모든 조합을 망라할 수 있는 수많은 책이 필요했다. 바벨의 도서관은 무한의 개념을 더없이 탁월하게 구현한 은유다.

한 문장만이라도 가능한 모든 조합을 상상해 보자. 이 책의 제목으로 도전해 보면 어떨까?


적독 생활: 다 읽지도 못할 거면서


이제 여기에 있는 글자들과 공백을 뒤섞어 새롭게 조합해 보자. 겹치지 않게 온갖 조합을 만들어 본다. 말이 안 되어도 상관없다.

얼마나 하다 포기했을지 궁금하다. 맨 아랫줄까지 채웠다면? 축하한다. 꽤 시간을 들였을 것 같다. 공간이 부족했을지도 모르겠다! 그리고 그사이 바벨의 도서관이라는 은유가 더 또렷하게 와닿았을 듯하다. 그 모든 기호로 이 작업을 한다고 상상해 보면….

보르헤스는 지식의 무한성을 실체화하고, 그 앞에서 인간이 얼마나 작고 무력한지를 드러내려 했다.

적독가는 결국 읽지 않을 책들을 집에 들여놓는다. 그로써 공허 속으로 과감히 뛰어들고 모든 지식을 다 알 순 없다는 불가능성을 수용한다.

하지만 보르헤스가 말했듯, 미지의 대상은 아름답고 모른다는 건 매혹적이나 필연적으로 우리가 아무리 애써도 넘을 수 없는 인간 지식의 한계에서 비롯되는 좌절감을 동반한다.

이 사실을 인정하고 받아들이기가 언제나 쉬운 건 아

니다.

적독가의 집은 바벨의 도서관을 닮았다. 자신이 가진 모든 책을 다 읽는 일은 끝내 없으리란 걸 실감케 한다.

자신이 얼마나 작은 존재인지 거듭 일깨우는 감각. 가끔은 이런 것이 반갑다. 우리가 영영 다 알 수 없기에 더욱 흥미로운 신비로 가득한 커다란 세계의 일부라는 걸 자각하게 한다. 다만 늘 그렇진 않다. 지금까지 모은 책들을 무척 아끼지만 때로는 싫어질 때도 있다. 당연한 일이다.

날마다 방대한 지식의 총체를 마주하기란 결코 만만치 않다!

아무리 적독가라도 자신의 집이 언제나 낭만적이고 만족스럽기만 한 건 아니다. 때로 어떤 기분이 드는지, 부정적인 생각까지도 마음껏 써 보자.

## 하지만 윤리적으로
## 괜찮은 걸까?

현대 사회에서 책을 구매하는 일은 긍정적으로 여겨진다. 아마도 책이 문화, 정보, 지식 같은 가치들과 결부되어 있기 때문일 것이다. 우리는 책을 사는 사람들을 호의적으로 바라보고, 그 선택을 높이 평가하곤 한다.

우리 사회는 기꺼이 문화에 지출하라고 장려한다. 우리의 정신을 풍요롭게 하는 데 그보다 좋은 방법이 없기 때문이다.

적독가들에게는 굳이 말할 필요도 없다. 누가 말하지 않아도 매일같이, 최소한 습관적으로 책을 사고 있으니까. 게다가 정신에 양분을 공급하기 위해 책을 꼭 읽어야 하는 것도 아니다. 그저 책에 둘러싸여 있기만 해도 어느 정도 효과를 얻을 수 있다. 다시 말해, 책은 아무리 많아도 지나치지 않다는 인식이 통용되고 있다.

하지만 항상 그랬던 건 아니다. 중세 시대 아랍인들은 책을 수집하는 풍조가 우스꽝스럽다며 비판받았다. 그뿐 아니라 계몽주의 시대에는 읽지도 않을 책을 집에 두는 것이 부도덕한 일로 간주되었다. 지금 적독가들이 책을 쌓아 두는 모습을 본다면 뭐라고 할지가 궁금하다….

오늘날 우리는 책을 사는 걸 마치 소비라는 개념과 완전히 분리되어 있는 일처럼 생각하는 경향이 있다. 하지만 역사를 보면 꼭 그렇지만은 않았다는 걸 알 수 있다.

집을 읽지 않을 책들로 채우는 건 결국 물건만 가득 채우는 셈이다. 동전의 또 다른 면처럼, 잘 보이지 않을 뿐 엄연한 현실이다. 그리고 그 보이지 않는 면이 우리 마음 한구석에서 조용히 속삭인다. 책을 이렇게 쌓아 두는 게 정말 윤리적으로 괜찮은 걸까? 책 또한 생태 발자국을 남긴다. 책을 만드는 데 들어가는 원료와 에너지 때문이기도 하지만, 특히 책이 전 세계로 유통되는 과정이 환경에 큰 영향을 미친다. 역사는 가르쳐 준다. 필요와 무관한 소비는 우리가 살아가는 환경과 조화를 이루기 어려우며, 환경을 존중하는 일과 거리가 멀다는 걸.

그렇다, 집을 책으로 채운다는 건 만들어져 운반되어 온 물건들로 집을 채운다는 뜻이다. 하지만 책은 여느 물건들과 다르다. 잘 생각해 보면, 책의 수명은 아주 길 수도 있다. 책은 정말 다르다. 책은 읽고, 또 읽고, 또 읽을 수 있다.

절대 바닥이 나지 않는다. 이야기는 인쇄된 모습 그대로 종이 위에서 변함없이 다음 독자를 기다린다. 이 모든 건 우리가 어떻게 하느냐에 달려 있다.

우리는 책이 한 번이 아니라 여러 번 살게 할 수 있다. 더 이상 관심이 가지 않는 책, 앞으로도 읽지 않을 책이거나 다시는 읽지 않을 책이라면, 다른 사람들에게 이야기를 들려줄 수 있도록 떠나보내는 건 어떨까.

친구나 모르는 사람에게 건네도 좋고, 도서관에 기증해도 좋다. 팔아도 되고, 빌려줘도 된다. 그 책에 대해 잊지만 않으면 된다.

흥미로운 점은 종이책으로 인한 환경 오염 문제를 전자책이 쉽게 해소할 수 있을 것처럼 보이지만, 현실은 그렇게 단순하지 않다는 것이다. 실제로 전자책을 다운로드할 때마다 상당한 에너지가 소요되고 그에 따른 생태적 부담이 발생한다. 무엇보다 전자책 단말기(e-reader)의 생산 과정이 지구 환경에 적잖은 영향을 끼친다. 이 문제를 어떻게 풀어야 할까? 우선 전자책 단말기를 구매하기에 앞서, 자신의 독서 습관을 점검해 보자. 책을 다운로드받아 읽는 횟수가 일정량을 넘기면 기기를 생산하며 발생시킨 생태 발자국을 어느 정도 상쇄할 수 있다. 전자책 단말기로 책을 자주 읽고 최대한 오래 사용할 수 있을 것 같을 때만 구매하도록 하자. 최신 모델이 아니더라도, 더 높은 사양을 이유로 기기를 바꿀 필요는 없다. 버려진 전자 기기는 처리하기 까다로운 폐기물이 되어 지구를 해친다는 사실을 기억하자. 마지막으로, 배터리를 충전할 땐 되도록 깨끗한 재생 에너지를 쓰자. 이를 실천한다면 윤리적으로 읽기 위해 가능한 모든 노력을 기울이고 있다고 말할 수 있을 것이다.

종이책을 살 때도, 작지만 실천할 수 있는 일들이 있다. 서점에 책을 사러 갈 때는 걸어서 가거나 자전거를 이용하는 것이다.

바다는 결국 수많은 물방울이 모여 이뤄진다. 우리 역시 그 물방울 가운데 하나라는 걸 언제나 기억하자.

## 작지만 큰 걸음

반갑게도 출판계 역시 책의 제작과 유통 과정을 지속 가능한 형태로 전환하기 위해 작지만 큰 실천을 이어 오고 있다. 특히 책을 만드는 재료의 변화가 두드러진다. 다행히 종이는 지속 가능한 방식으로 얻을 수 있고, 재활용도 가능한 소재다. 책임 있게 관리된 산림 자원으로 책을 만든다고 인증받은 출판사가 늘고 있으며, 재생 종이를 사용하는 곳도 적지 않다. 책을 운송하는 데 쓰이는 포장재 또한 줄이고 있다. 과거 출판 산업이 초래한 환경적 영향의 상당 부분이 포장재에서 비롯된 것이었다.

나아가 출판사 대부분이 제작 부수에 대한 관점을 바꾸고 있다. 오늘날 출판사들은 판매가 예상되는 부수만큼만 인쇄하려 한다. 초판을 대량으로 인쇄하기보다, 수요가 있을 때 재쇄하는 방식을 선호한다. 끝으로, 환경 문제에 대한 우리의 인식을 높이는 데 책이 큰 역할을 할 수 있다는 사실을 기억하자. 직접적인 방식은 아니더라도, 지속 가능성이나 환경 발자국, 폐기물 등에 관해 이야기하는 것 역시 지구를 돕는 데 꼭 필요한 일이다.

## 우리 집에 쌓인 읽지 않은 책 더미는 얼마나 높을까?

참고로, 이 페이지를 해결하려면 직접 자나 줄자로 높이를 재야 한다.

이제 집 구석구석을 둘러보자. 여기저기 층층이 쌓인 책들이 눈에 띌 것이다. 그중 가장 높은 책 더미를 찾아보자. 두 번째나 세 번째가 아니라, 정말 가장 높은 책 더미의 높이를 재서 여기에 기록해 두자.

닫는 글

내 마음의 책

한참 더 시간이 흐른 뒤에야, 이즈미는 비로소 이럴 때 어떻게 해야 할지 알게 되었다. 아무리 책들이 버겁게 느껴져도, 더 이상 닥치는 대로 박스에 집어넣으려 하지 않는다. 이제 그녀는 책장과 책 더미, 어수선한 선반으로 다가가 찾는 책이 나올 때까지 손끝으로 책등을 훑는다.

앞으로 절대 안 읽을 책, 존재조차 까먹고 있던 책, 더 이상 관심이 없는 책. 그런 책 딱 한 권.

이즈미는 곧 그런 책을 찾았고, 주저 없이 캔버스 백에 넣은 뒤 집을 나선다. 어디로 가져가야 할지는 이미 정해져 있다.

집 근처 공원에는 작은 목조 건물이 하나 있다. 밝은 나무로 지어진 단정하고 소박한 건물이다. 유리로 된 출입문이 두 곳이고, 안에는 책장이 여러 개 놓여 있다. 이 책 교환소는 이즈미의 아이디어였다. 처음엔 괜히 웃음거리만 될 것 같아 동네 사람들에게 말을 꺼낼 엄두도 나지 않았다. 하지만 결국 용기를 냈고 반응은 예상외로 열렬했다. 사람들은 '경로의 날', 즉 휴일인 9월 셋째 주 월요일이 오기를 기다렸다. 그리고 마침내 건물을 지어 올렸다. 이즈미는 목공에 대해선 전혀 모르지만 열심히 거들었다. 다행히 능숙한 사람이 있었고, 모두 모여 다 함께 힘을 합치니 금세 완성되었다. 완벽하진 않지만 나날이 새로운 책으로 조금씩 채워져 가는 책장이 충분히 아름답다. 책장 위에는 안내문이 걸려 있다.

よかったら受け取ってください。
마음에 드는 책이 있으면 가져가세요.

사실 적독 생활도 항상 즐겁기만 하진 않다. 가끔 감당하기 어렵고 도망치고 싶다고 느껴질 땐, 잠시 멈춰 보자. 책을 전부 내다 버려야 할 것 같은 기분을 내려놓자. 그건 우리 영혼의 일부를 지우는 것과 마찬가지니까. 그런 건 아무 도움이 안 된다.

다시 동전을 뒤집어 보자. 그러면 처음엔 완전히 달라 보이던 두 면이, 사실은 같은 현실을 이루고 있다는 걸 깨닫게 된다. 어느 한 부분이 없으면 다른 부분도 존재할 수 없다. 두 면을 함께 바라볼 때라야 우리가 어떤 사람인지, 적독이 우리 삶에서 얼마나 커다란 자리를 차지해 왔는지 실감할 수 있다. 두 면 모두를 받아들일 때만 가능한 일이다. 그리고 우리가 모은 그 많은 책 중에는 필요 없는 책도, 있는 줄도 모르고 지내 온 책도, 어쩌다 갖게 된 건지조차 기억나지 않는 책도 있다는 걸 알게 된다. 하지만 제각각 고유한 그 모든 책 덕분에 집은 세상 어느 곳보다도 나다운 공간이 되었다. 그 책들 한 권 한 권이 지금의 나를 만들었다.

무엇보다도, 우리가 자주 잊곤 하지만 책에는 사람들을 잇는 특별한 힘이 있다. 누군가에게 선물하거나 빌려주고, 이야기하거나 추천한 책 한 권은 그렇지 않은 책 수백만 권보다 값지다. 그 책은 더 이상 그냥 책이 아니다. 우리가 자신의 세계를 넘어 새로운 지평에 닿게 한다. 이거야말로 우리가 적독을 오래 이어 갈 수 있는 방법이 아닐까? 책이 사람들 사이에 새로운 유대를 만들고, 눈에 잘 띄지 않아도 단단한 인연을 맺게 하고, 그 자체로 사랑의 표현이 되게 하는 것.

세상에 이보다 더 아름다운 일이 있을까?

# 내 마음의 책은

하지만 책을 둘 수 있는 공간이 아주아주 작다면, 난 어떤 책을 고를까?

책을 떠나보내는 일은 누구에게나 쉽지 않다. 그렇다면 관점을 바꿔 긍정적으로 접근해 보자. 떠나보낼 책이 아니라, 남겨 두고 싶은 책을 생각해 보자.

세상에서 제일 아끼는 책, 이미 나의 일부이자 집의 일부가 되어 버린 책들을 떠올려 보자. 내 마음의 한 조각이나 다름없어서 도저히 비워 낼 수 없는 책들이 분명 있을 것이다.

책 몇 권과 하는 수 없이 헤어져야 할 때, 이제 내 삶의 여정에서 뒤로해야 할 시간이라고 느껴질 때, 그 책에게 다른 삶을 열어 줄 순간이라고 생각될 때, 이 페이지를 펼쳐 정말 꼭 남기고 싶은 책들은 여전히 곁에 있다는 안도감을 얻을 수 있으면 좋겠다. 이 책들은 언제까지나 함께할 것이다.

책을 모으는 100가지 이유

1  작가 이름순으로 책을 정리했더니, 성이 'X'로 시작하는 작가 책만 없다.

2  다른 책은 모두 할인가 스티커가 붙어 있는데 혼자 정가로 팔리고 있는 책의 기분이 어떻겠어.

3  하와이 휴가를 꿈꿨지만 예산 부족으로 갈 수 없었다. 대신 하와이 관련 책을 샀다.

4  그냥 지나치기엔 그 눈빛이….

5  아이슬란드 작가 책도 한 권쯤 있는 게 좋겠지.

6  아무래도 작가님이 연로하시니 마지막 책이 될지도 몰라.

7  이 책으로 갓 데뷔한 작가인가 봐. 한 권 사서 응원해야지.

8  내가 제일 좋아하는 작가 신작이잖아!

9  아직 한 권도 읽어 본 적 없는 작가다. 수십 번 마주치고 나니 이제는 안 읽으면 안 될 것 같다.

10  이전에 이 작가 책을 읽어 봤는데, 솔직히 내 취향과는 거리가 있었다. 하지만 누구에게나 두 번째 기회를 줘야 하는 법!

11  내 생일에 나온 책이잖아?

12  책에 쓰는 돈은 하나도 아깝지 않다. 이건 '미래를 위한 투자'다.

13   절판되어서 다신 못 구하게 되면 안 되잖아?

14   작가 친필 사인본이라니! 이런 기회는 흔치 않아.

15   이 시집만 손에 넣으면 그 17세기 시인 작품은 전부 모으는 거야.

16   이건 사야 해. 오늘 저녁부터 당장 읽고 싶으니까! 안 되면 내일부터! 아무리 늦어도 다음 주말엔 읽을 수 있을 거야.

17   초판본이잖아. 이걸 어떻게 안 사.

18   두 번째 판본이잖아. 이걸 어떻게 안 사.

19   세 번째 판본이잖아. 이걸 어떻게 안 사. (이런 식으로 계속된다.)

20   이 책 표지, 우리 집 벽이랑 색깔이 똑같다.

21   사고 싶은 책 목록이 꽉 찼어. 몇 권 사서 비워야 마음이 편할 것 같아.

22   레스토랑에서 저녁 먹는 것보다 훨씬 싼데 만족감은 똑같잖아!

23   동네 서점이 버티려면 누군가는 책을 사 줘야 한다. 시민으로서 내 몫을 다하기 위해 나는 오늘도 책을 한 권 고른다.

24 처음 들어 보는 출판사 책이다.

25 이 출판사 책은 기대를 저버린 적이 없다.

26 나만 아직 안 읽었다!

27 이런 우연이 다 있네! 제목이 내 모토랑 똑같아! 사서 잘 보이는 곳에 올려 둬야지.

28 업무상 필요한 책이다.

29 원서를 읽으면, 언어 공부도 되니 일거양득.

30 저렴한 판본이라, 안 사면 오히려 손해야.

31 취미라곤 이것뿐인데, 뭐.

32 말 그대로 위대한 고전이잖아.

33 오늘 너무 힘든 하루였어. 스스로를 위해 이 정도 보상은 해 줘야지.

34 오늘은 정말 좋은 하루였어. 기념으로 책 한 권 사야지.

35 이 책은 혹시 내가 안 읽어도 선물하면 딱이겠는데? 크리스마스도 코앞이고!

36 그래픽 노블 코너로 저절로 발이 가는 걸 어떡해!

37 어…. 어제 내가 책을 샀었나? 뭐, 어제는 어제고 오늘은 오늘이지.

38 언젠가 세계 일주 하려면 미리미리 읽어 둬야지.

39 세 권을 두 권 값에 주길래, 여섯 권을 네 권 값에 샀다. 이 정도면 나도 천재네.

40 이게 다 책 블로거들 탓이다. 리뷰를 얼마나 솔깃하게 쓰는지.

41 요리책은 원래 책 산 걸로 안 치는 거야!

42 서점 앞을 지나는데 주머니에서 돈이 나왔어. 누가 봐도 책을 사라는 계시잖아?

43 신발 한 켤레보다 싼데, 훨씬 더 멀리 데려다준다!

44 계산해 보니, 2주 휴가 동안 하루에 한 권씩 읽으려면 정확히 열네 권이 필요하다.

45 북토크에 가 놓고 책을 안 산다니, 부모님은 날 그렇게 키우지 않으셨어.

46 해가 길어져서 저녁까지 환하잖아. 책 더 읽어야겠다.

47 이 5부작은 나중에 은퇴한 뒤에 읽으면 좋을 것 같네.

48 영화를 봤는데, 책을 안 읽어서 원작이 더 낫다는 말을 못 했어.

49 마침 어제 정리해서 욕실 선반도 비었으니까….

50 꼭 읽을 게 아니어도 책 냄새가 기분 좋은걸.

51 기르던 식물이 죽었다. 화분이 올려져 있던 현관의 빈

자리를 보니 울적하다.

**52**  엔지니어인 사촌이 계산해 보니, 내 책장은 한 칸에 세 겹까지 책을 꽂아도 하중을 견딜 수 있다고 했지.

**53**  이제 막 출간된 화제작이다. 누구나 이 책 얘기뿐이다. 내 사회생활이 이 책에 달렸다!

**54**  서점을 지나쳐 가는데, 쇼윈도 너머로 나를 부르는 소리가 들렸다.

**55**  마지막 한 권이었다. 마치 나를 위해 남겨져 있는 것 같았다.

**56**  가끔 긴장될 때 책 표지를 쓸어 보면, 신기하게도 마음이 가라앉곤 하지.

**57**  표지에 그려진 사람 옷이 그때 내가 입고 있던 스타일이랑 완전히 똑같은 거야!

**58**  호캉스 하루 가는 것보다 책 몇 권이 훨씬 싸고, 즐기기도 오래 즐길 수 있잖아.

**59**  거실에 책이 어느 정도 쌓여 있어야 집이 안정감 있게 느껴진다.

**60**  침대 옆 탁자에 책이 없으면, 새벽에 깼을 때 외로운 기분이니까.

61 이 책은 올해 계획에 있던 책이다. 일단 이걸로 목표 한 개는 달성이군.

62 '전집'이라니, 말만 들어도 설렌다.

63 언젠가 일을 관두면 책 읽을 시간이 늘 텐데, 새 책을 살 여유는 줄어들 테니까.

64 적독가라면 고양이 책 열 권은 기본이지.

65 도대체 왜 다들 책 끝에 추천 도서 목록을 실어 두는 거야!

66 책 여러 권 동시에 읽는 거 워낙 좋아하니까.

67 난 원래 책을 잘 빌려준다. 못 돌려받으면? 다시 사면 된다!

68 인간적으로 첫눈에 반한 책은 산 걸로 치지 않는 게 맞지.

69 훨씬 적은 비용으로 마사지받을 때의 힐링 효과를 누릴 수 있다!

70 1000페이지짜리 벽돌책을 사려다 내려놨다. 그런데 마침 합치면 정확히 그 분량일 것 같은 에세이 세 권을 발견했다. 결론은 하나다.

71 역에 도착하자마자 책부터 한 권 샀다. 기차 안에서 시간을 때우는 덴 역시 책이니까. 어젯밤에도 이 생각을 했는지, 기차에서 가방을 열어 보니 이미 책이 한 권 들

어 있긴 했다….

72  아니, 이 책은 색칠도 할 수 있네!

73  꽤 많이 고르긴 한 듯. 하지만 전문성을 잃지 않으려면 이 정도는 꾸준히 읽어 줘야 해.

74  실수로 잘못 클릭해서 장바구니에 있던 30권을 전부 주문해 버렸다.

75  이 책들? 빈티지를 놓치는 일은 있을 수 없지!

76  앞으로가 정말 기대되는 신예 작가다. 언젠가 내가 바로 이 작가의 데뷔작 초판을 샀던 사람이라고 말할 날이 올 것 같다.

77  만약 인터넷 주문이 불가능해진다면? 그런데 읽을 책이 하나도 없다면?

78  책을 색깔별로 정리하고 보니, 초록에서 파랑으로 넘어가는 구간의 그러데이션이 좀 부족하다.

79  이 책 위에는 '나오미의 추천'이라는 메모가 붙어 있었다. 이 서점 스태프를 실망시키고 싶지 않았다.

80  곧 절판될 책이라고 한다. 몇 년 뒤에 중고로 내놓으면, 부자 되는 거 아냐?

81  새 가방이 필요한 참이었는데, 책을 다섯 권 사면 캔버

스 백을 사은품으로 준다는 거야….

82  요즘 운동을 시작하긴 했는데, 덤벨이 영 재미가 없어서….

83  어머, 떨어뜨렸다! 그럼 사는 게 예의지.

84  산책을 갔다가 네잎클로버를 잔뜩 찾았다. 이 잎들을 전부 꽂아서 말리려면 책이 많이 필요하겠네.

85  이 시리즈가 열두 권씩이나 나올 줄은 나도 몰랐지.

86  누군가 카운터에 내려놓고 간 책이었다. 그냥 두고 오려니 마음에 걸렸다.

87  잘못 꽂혀 있는 책이 있길래 제자리를 찾아 주려 했을 뿐인데, 왜 나랑 같이 서점을 나서게 된 건지는 나도 잘….

88  시집은 아무리 사도 괜찮잖아?

89  친구가 추천해 준 책!

90  안경을 안 끼고 있었는데도, 멀리서 이 책 제목이 또렷이 보였다. 주기적으로 시력 테스트도 할 겸 이 책은 사는 게 좋겠다.

91  지금껏 꽤 많은 책을 모았지만 1000페이지가 넘는 책은 없다. 이제 한 권 들일 때가 된 것 같다.

**92** 새로 산 작은 가방에 책이 들어가는지 확인해 보고 싶었다. 직접 넣어 보니 두 권이나 들어간다!

**93** 커피 테이블에 생긴 얼룩이 무슨 수를 써도 안 지워진다. 뭔가 가릴 게 필요하다.

**94** 독서 모임에서 선정되었던 책이다. 이후 난 모임에서 빠졌지만, 그렇다고 책을 내 읽기 목록에서 뺄 순 없으니까!

**95** 책을 쓴 사람이 내가 중학교 때 같은 반이었던 친구 사촌이라니!

**96** 이 책은 새로 연 책방에서 산 책이다. 아니, 구경하러 들어가서 빈손으로 나올 순 없잖아?

**97** 아무리 생각해도 판형이 너무 완벽해. 우리 집 고양이가 이 위에 누우면 딱일 것 같다.

**98** 100페이지도 안 되는 책은 소소한 기쁨을 위한 작은 소비일 뿐이야.

**99** 책 냄새는 어느 책이든 다 좋지만, 이 책은 그중에서도 유독 좋은 향을 풍기고 있었다.

**100** 책을 사는 데 굳이 이유가 필요한가? 난 아닌 것 같아.

# 적독 일기,
# 읽지 않은 책들을 위한 기록

읽은 책을 차곡차곡 기록해 나가는 건 참 즐거운 일이다. 노트나 다이어리, 작은 수첩에 적어도 좋고, 각종 앱을 활용해도 좋다. 하지만… 온갖 기대와 설레는 마음으로 샀으나 정작 읽진 않은 (아마 앞으로도 쭉 안 읽을) 그 모든 책은 어떻게 되는 걸까?

그래서 여기, 바로 그 읽지 않은 책들을 위한 적독 일기를 준비했다. 안 읽었다고 해서 책에 대한 느낌을 기록해 두는 재미를 포기할 필요는 없지 않을까?

이제 우리는 알고 있다. 우리의 책장과 삶을 가득 채우고 있는 그 책들을 우리는 늘 바라보고, 때로 훑어봤다는 걸. 아무 페이지나 펼쳐 읽기도 했으며, 무엇보다도 그 세계를 마음속으로 상상했다는 걸. 이 과정에서 우리는 자연스레 그 책들에 대한 나름의 생각을 갖게 된다.

픽션이든 논픽션이든, 여기에 기록하는 내용은 실제 책과 달라도 전혀 상관없다. 두 범주를 위한 페이지는 각각 따로 마련되어 있다. 이 공간에 적독가로서 우리가 쌓아 온 경험과 지식을 마음껏 풀어놓자. 우리가 상상한 그 책들의 모습이 그대로 드러날 것이다.

그리고 책은 그저 곁에 함께 있는 것만으로도 우리의 삶을 변화시키고 있다는 걸, 가슴 깊이 다시 느끼게 될 것이다.

**FICTION**

## 읽지 않은 책을 위한 기록

제목

저자

아마 이 정도
마음에 들 듯
☆ ☆ ☆
☆ ☆

❖ 책을 산 이유

❖ 내 마음대로 줄거리

❖ 내 마음대로 완벽한 결말

❖ 이렇게 펼쳐진다면 날 설레게 했을 그 장면의 전개

❖ 내 상상 속 가장 얄미운 인물

❖ 표지를 본 순간 떠오른 분위기와 풍경

❖ 아무 페이지나 펼쳤을 때 가장 먼저 나를 사로잡았던 문장

· 추천하고 싶은 사람

· 그리고 그 이유

❖ 이렇게 펼쳐진다면 날 설레게 했을 그 장면의 전개

⬭ FICTION ⬭

## 읽지 않은 책을 위한 기록

---

제목

저자

아마 이 정도
마음에 들 듯

☆ ☆ ☆
☆ ☆

❖ 책을 산 이유

❖ 내 마음대로 줄거리

❖ 내 마음대로 완벽한 결말

❖ 이렇게 펼쳐진다면 날 설레게 했을 그 장면의 전개

❖ 내 상상 속 가장 얄미운 인물

❖ 표지를 본 순간 떠오른 분위기와 풍경

❖ 아무 페이지나 펼쳤을 때 가장 먼저 나를 사로잡았던 문장

· 추천하고 싶은 사람

· 그리고 그 이유

## 읽지 않은 책을 위한 기록

제목

아마 이 정도
마음에 들 듯

☆ ☆ ☆
☆ ☆

저자

❖ 책을 산 이유

❖ 내 마음대로 줄거리

❖ 내 마음대로 완벽한 결말

❖ 이렇게 펼쳐진다면 날 설레게 했을 그 장면의 전개




❖ 내 상상 속 가장 얄미운 인물




❖ 표지를 본 순간 떠오른 분위기와 풍경




❖ 아무 페이지나 펼쳤을 때 가장 먼저 나를 사로잡았던 문장




· 추천하고 싶은 사람


· 그리고 그 이유

# 읽지 않은 책을 위한 기록

제목

저자

아마 이 정도
마음에 들 듯
☆ ☆ ☆
☆ ☆

❖ 책을 산 이유

❖ 내 마음대로 줄거리

❖ 내 마음대로 완벽한 결말

❖ 이렇게 펼쳐진다면 날 설레게 했을 그 장면의 전개

❖ 내 상상 속 가장 얄미운 인물

❖ 표지를 본 순간 떠오른 분위기와 풍경

❖ 아무 페이지나 펼쳤을 때 가장 먼저 나를 사로잡았던 문장

· 추천하고 싶은 사람

· 그리고 그 이유

## 읽지 않은 책을 위한 기록

제목

아마 이 정도
마음에 들 듯

☆ ☆ ☆
☆ ☆

저자

❖ 책을 산 이유

❖ 내 마음대로 줄거리

❖ 내 마음대로 완벽한 결말

❖ 이렇게 펼쳐진다면 날 설레게 했을 그 장면의 전개

❖ 내 상상 속 가장 얄미운 인물

❖ 표지를 본 순간 떠오른 분위기와 풍경

❖ 아무 페이지나 펼쳤을 때 가장 먼저 나를 사로잡았던 문장

- 추천하고 싶은 사람

- 그리고 그 이유

## 읽지 않은 책을 위한 기록

제목

아마 이 정도
마음에 들 듯
☆ ☆ ☆
☆ ☆

저자

❖ 책을 산 이유

❖ 내가 생각하는 이 책의 핵심 메시지

❖ 이 책을 보면 떠오르는 다른 책

❖ 표지에서 특히 인상적이었던 부분

❖ 이 책 덕분에 새로 알게 된 것들

❖ 아무 페이지나 펼쳤을 때 가장 먼저 나를 사로잡았던 문장

❖ 이 책을 넘겨보며 더 알고 싶어진 것들

· 추천하고 싶은 사람

· 그리고 그 이유

## 읽지 않은 책을 위한 기록

제목

저자

아마 이 정도
마음에 들 듯
☆ ☆ ☆
☆ ☆

❖ 책을 산 이유

❖ 내가 생각하는 이 책의 핵심 메시지

❖ 이 책을 보면 떠오르는 다른 책

❖ 표지에서 특히 인상적이었던 부분




❖ 이 책 덕분에 새로 알게 된 것들




❖ 아무 페이지나 펼쳤을 때 가장 먼저 나를 사로잡았던 문장




❖ 이 책을 넘겨보며 더 알고 싶어진 것들


• 추천하고 싶은 사람


• 그리고 그 이유

## 읽지 않은 책을 위한 기록

제목

저자

아마 이 정도
마음에 들 듯

☆ ☆ ☆
☆ ☆

❖ 책을 산 이유

❖ 내가 생각하는 이 책의 핵심 메시지

❖ 이 책을 보면 떠오르는 다른 책

❖ 표지에서 특히 인상적이었던 부분

❖ 이 책 덕분에 새로 알게 된 것들

❖ 아무 페이지나 펼쳤을 때 가장 먼저 나를 사로잡았던 문장

❖ 이 책을 넘겨보며 더 알고 싶어진 것들

• 추천하고 싶은 사람

• 그리고 그 이유

## 읽지 않은 책을 위한 기록

제목

저자

아마 이 정도
마음에 들 듯

☆ ☆ ☆
☆ ☆

❖ 책을 산 이유

❖ 내가 생각하는 이 책의 핵심 메시지

❖ 이 책을 보면 떠오르는 다른 책

❖ 표지에서 특히 인상적이었던 부분

❖ 이 책 덕분에 새로 알게 된 것들

❖ 아무 페이지나 펼쳤을 때 가장 먼저 나를 사로잡았던 문장

❖ 이 책을 넘겨보며 더 알고 싶어진 것들

• 추천하고 싶은 사람

• 그리고 그 이유

## 읽지 않은 책을 위한 기록

제목

아마 이 정도
마음에 들 듯

☆ ☆ ☆
☆ ☆

저자

❖ 책을 산 이유

❖ 내가 생각하는 이 책의 핵심 메시지

❖ 이 책을 보면 떠오르는 다른 책

❖ 표지에서 특히 인상적이었던 부분

❖ 이 책 덕분에 새로 알게 된 것들

❖ 아무 페이지나 펼쳤을 때 가장 먼저 나를 사로잡았던 문장

❖ 이 책을 넘겨보며 더 알고 싶어진 것들

• 추천하고 싶은 사람

• 그리고 그 이유

# 읽지 않은 책을 위한 기록

제목                      아마 이 정도
마음에 들 듯

☆ ☆ ☆

저자                        ☆ ☆

❖ 책을 산 이유

❖ 내가 생각하는 이 책의 핵심 메시지

❖ 이 책을 보면 떠오르는 다른 책

❖ 표지에서 특히 인상적이었던 부분

❖ 이 책 덕분에 새로 알게 된 것들

❖ 아무 페이지나 펼쳤을 때 가장 먼저 나를 사로잡았던 문장

❖ 이 책을 넘겨보며 더 알고 싶어진 것들

· 추천하고 싶은 사람

· 그리고 그 이유